イギリス風の朝《マチネ》

ジャン＝ミッシェル・モルポワ

有働薫 訳

思潮社

イギリス風の朝《マチネ》

La matinée à l'anglaise

ジャン＝ミッシェル・モルポワ

有働 薫訳

思潮社

母に

三十五年後に……

『イギリス風の朝《マチネ》』日本語版のための序文

たったいま『イギリス風の朝《マチネ》』の日本語訳を終えたばかりの有働薫さんからお誘いがあって、わたしはこの本をふたたび取り上げ、読みなおしてみました。この本を書いてからもう三十五年になります。なんと奇妙な感覚でしょう！　それはすこし、ぼやけたり、ときには色あせたりしている幼年時代の写真のアルバムをめくっているような感じです……けれども、それらはわたしの記憶に戻ってくるとても正確なエクリチュールの思い出でもあります。それは場所（ノルマンディの海辺でのバカンスや、祖父の家の庭の散歩や、パリ近郊の散策といった……）と結びついており、しかしまた、秋の初めの頃や、冬の夕方や、読書や勉強の穏やかな時間などにもくっついています。そして目にした事柄の記憶よりもさらにもっと貴重なもの、それらはむかし抱いた書きたいと思う欲望であり、詩的な衝動であり、よみがえる発見の瞬間であり、読み進めていくと、あたかもかつてわたしがこれらのページを書いたときの感情的、心理的状態にふたたび出会うような気になります。たしかにわたしにはじぶんをそこから隔てている全体の距離をはかることしかできません。いまではそれらの記憶はしばしばわたしにとって素朴で、イメージに貪欲で、過剰に抒情的すぎるように思われます。けれどもわたしの声が生まれたのはまさにそこでなのです！　また同じく詩的エクリチュールと批評的エクリチュールとの間の接近がはやばやと主張されたのもそこでなのです。ジャン＝ジャック・ルソーの『新エロイーズ』からの抜粋にコメントを加えながら、あるいは《リリシズムについてのもう少しの復習》や、《魂《アーム》》という語をさまざまに語尾変化させたりすることを通して、一九八二年のこの本のなかで実行されていたのは、すでに今日の《批評的抒情主義《リリスム・クリティーク》》であるのです。それがわたしがこの本に愛着を抱き続け、そして縁を切ろうともしない理由なのです。それどころか、有働薫さんがこの本を訳してくださったことをうれしく思い、彼女のゆきとどいた誠実さに心から感謝しております。

二〇一七年三月二十一日　ダヴロンにて

ジャン＝ミッシェル・モルポワ

目次

装画＝著者

序曲

昼間の集まり《マチネ》のなかには正午過ぎに始まり夕方まで続くものもある。そこでは音楽や詩を聴いたり、芝居を見たり、他愛ないお祭りが行われていたりする。

こういった気晴らしや再発見の幸福な時間のうちに、朝起きの早朝が成熟を示す。夜明けの薄明が約束を守り、始まりが広がり、魂のなかはけっして老いることのない暖かく光り輝く朝になる。

ジャン＝ジャック・ルソー(1)から借りた《イギリス風の朝《マチネ》》(2)という表現は、『新エロイーズ』(3)のなかでクララン(4)の選ばれた社会で共有される幸福な午後《アプレミディ》のことを指している。視線と身振りの綿密な芝居がつくりあげる時間と空間のなかで人間の心の内奥が目に見えるものとなる。フェルメール(5)のこれこれの絵のなかでのように、描かれている人物たちの動きは沈黙した事物の世界のなかに調和したかれらの静寂ほどには重要ではない。

この独特の時間の本質を詳しく説明しておくべきだった。このような時間はこの本の抒情的な核を形成し、そのすべての断片が、反響する部屋にも似た同一の透明性へむかって収斂する。こうして保存された時間の火花のまわりに幸福な瞬間が増殖していく。

くつろぎについてのこのような瞑想は独自の詩学をこしらえあげさせずにはおかなかっ

た。イギリス風の朝《マチネ》という観念は、詩や哲学や評論の境界に位置する別の種類の本を思いつかせる。その書き方はその様式が近づき、その領域が広がりを増すやり方ほどには特徴的なものではない。様々な声が交ざりあい、たくさんの道が交叉しあい、この本でもって詩のように親密で開放的な場所をつくりあげる。それは言葉の語源学的な意味で収集であると同時に収穫である採集と受容の場であり、そこでは《言葉《ディール》》は同一で一定の表現方法に帰着することはできない。読者にとって特権的な領域であるこの収集は本であることを拒絶しはしないが、世界の風景のなかに自分の場所を見い出したいと望む──自分の教会を、自分の庭園を、自分の家をそこに住むためによく整頓された小部屋付きで──ある人にまつわる複雑な感情が自分についても同じく経験されることだろう。そしてもはやそれを忘れることはできまい。

これほど断片的なこの形式はしかし、苦しみを証言しもする。ぼろ屑、嵐、くちびる、引き裂かれた愛の言葉、水溜まりに浮かぶ小さな空、荒涼としたイマージュの空間、等々。人住む家の瓦が落ちてしまってから、もうずいぶん長い時間が経っている。

ほとんどの本が言葉を想像世界のなかで、物語の虚構の緯糸の下、あるいは詩の調和のとれた襞のなかに保護してしまうのに反して、詩集は人生の悲惨とその美しさとの間になんら障害を設けない。詩集はあらゆる悪天候にさらされてさらに活発に語る、なぜならそこに人間離れしたものは何もないからだ。詩の中心よりも詩の縁《へり》のほうにより強い注意を払い、黙り込みたいとたえず願っている。詩集は反抗せず、技法によって救われることもなく、ひとりの人のように存在したいと望む。

その不統一性は詩集に、その本質を犠牲にして、世界の一貫性と同時に芸術の秩序からも逸れている絶望の文学という特権的形態をつくりあげるという危険を冒させるかもしれない。断片的な、強烈な、そして不幸な文学《エクリチュール》は、それ自体の強さのほかには何も気がかりはなく、その強さはハリネズミのように自分自身で閉じた、芸術を拒絶することによって芸術を創るという方法、書くものが判読できないさらにまずい方法ではないだろうか……。

だから大切なのは一つの質問でこの詩集を秩序立てることだった。外部から課せられたなにがしかの主題ではなくて、詩集自体から出た、詩集のようにとりとめのないことを言い、時ならぬと同時に中心的な主題である。抒情性《リリシズム》(1)とはこの質問のことであり、それに対しては詩集だけが答えることができるのだ。

この《リリシズム》という言葉は空虚でしかも混乱しており、ほかのすべてより古く、しかも無垢ですべてを受け入れることができる。詩の神話とその謎(それはオルフェウス(2)

の圧しつぶされそうに重い竪琴と霊感の神秘のことだが）を継承するものとして、この言葉は私たちの時代にとって価値のある定義を求める。この欲望に応えなければどんな創造の理論ももはや通用しないとき、このばかげた古臭い語に言葉の《昼興行《マチネ》》、つまりその上演の時間と空間を貸し与えることによってこれを演じることが問題になる。

それゆえこの《リリシズム》という言葉のなかには、品が悪く、境界をはみ出す文学のもつれた声が聞こえるだろう。歌のほうに方向転換する散文、散文がなりたくてむずむずする詩など、すべてはもはや本当には芸術の姿を持たず、だが私たちに似ているもの……。周知の形式よりも、自分のアイデンティティを求める文学《エクリチュール》、とかく黙り込みたがる弱々しい声のほうが好まれるだろう……。

抒情的な状態は言語の不可能性にしか価値を与えない。つねに完全性によって誘惑されて、詩の無力に無知でありたいと望むであろう。リリシズムとは一つの嘆願であって、詩学ではない。それは言葉の野心とその苦悶を測定する。

何年も前から、詩のなかにはたくさんの空白があり、ほとんど言葉が存在しない。そこはすっかり冷え込んでいる。インクはさらに黒みを増し、より静まり返り、あたかもいわく言いがたいものを表現しようとやっきになっているかのようである。私たちは芸術として考案された詩の終焉を目撃する、つまりその網羅的なリストを今後私たちがつくり上げることができるかもしれない形式の歴史に、期待すべき新しさはもはや存在しないということである。ところでそれ自体の歴史を広く凌駕するリリシズムのなかにはそれがすべての定義を越えるようにすべて汲み尽くされずにとどまっている。書くという冒険の極限の場所に、空白のページが震えるときに、長い間保留にされていた唯一の質問——それは歌かどうか——が生まれる。リリシズムとはこの不安のことである。

だからこれらのページのなかに散歩にでかけ、詩の無人の荒れ地《テラン・ヴァーグ》で少しとりとめのないことを言い、これらの荒れ地を通り抜けることだけに心を砕いてみよう……。

テラン・ヴァーグ[1]、無人の荒れ地

《道が尽き堰も囲いの柵もなくなるあたり、かつてそうしたものが一度として野生の茂りを侵したことのない場所では、精神もまた轡や手綱をはずされるのである。精神の真の自由という感情は、私にとって「家も畑もない無人の荒れ地」が与える感情と決して切り離しえないものである。》

ジュリアン・グラック[2]『狭い水路』

リリシズム……。

何よりもまず逃亡線、沖をめざす海、こうして自死する、広がる喜び。そこでは素晴らしい雲が空の蓄えを運び去る。私たちのからだをこの仕上げることができないものに混ぜること、私たちの指、髪の毛、そして他のたくさんの望ましい壊れやすさに……。

魂が下げ潮のときは、私たちは洗われた海岸で塩辛い波しぶきと、深い海の沈黙がけちけちと与えてくれるこの貝殻や海草や小海老や蟹といった貧弱な獲物しか拾い集めることができない。

無人の荒れ地《テラン・ヴァーグ》に似たリリシズムについてもそうである。そこは境界のない漠とした空間で、あらゆる種類の奇妙なものが打ち上げられる。なんの価値も意味もない世界の掻き傷、くず鉄、それに古びた骨組み。不気味だが馴染みのある荒涼とした場所で、そこでは博物館や教会の向かい側に最も基本的な共同体が再構成される。この屑のイマージュのがらくたの山に可憐な忘れな草が咲く……。

この場所では人は暇である。リリシズムは人間のなかでは彷徨の原理に似た何かである。

思考に無人の荒れ地《テラン・ヴァーグ》の試練を課すことは、導き、呼び寄せ、ふたたび住みつかせるままにすることを意味する。着想を操ることが大切なのではなく、仰天させるイマージュの殺到に応じることが大切である。こうして、空想と不在のなかの存在が際立つ。リリシズムはまず第一に各人の自由に試練を課す。

道は在る。私たちの歩みがそれを見つけ出す。この道すじはとつぜん現れ、掻き消え、描き直され、かろうじて散歩の時間だけ持続する。この領域を測量し、広げるのは私たちの感嘆であると同時に、私たちの忍耐の責任である。私たちが歩けば、それだけこの道すじは存在する。信仰の明証は信者たちの熱意で測られる。

決めることは成ることである。だが人がはげむこの空間上に存在が見える。私たちのくつろいだ時間は時間に句読点を打つ。リリシズムの定義はこういったひらめくような所有にこだわる。

リリシズムの言葉

1．ペンをとる人はもはや自分の名で語ることはできない。浪費されるものは何もなく、すべてが増えていく。

2．《リリシズム》という言葉のなかには多くの場合、自我創造者のイデオロギーが眠っていると信じられる。もっとくわしく検討しようとして、それはかえって芸術家がその作品に服従させられるという考えを呼び起こす。作品は芸術家を導き、芸術家を創造し、作品は芸術家の災難の舞台であり、芸術家の非実在の儀式である。リリシズムの状態とは、私たちの周りの不十分な実例をその性質とする夢想された何らかの調和をふたたび見い出すため主観性と絶交することである。

3．わたしはものごとのふとした折にしか自分を認識することができない。ここから受動的な親和力につながるこれらのすばらしい魂の状態がやってくる。これが自我よりもはるかに広大な想像界を認める秘密の方法である。

4. 私たちは叙事詩の、抒情詩の、風刺詩の、といったジャンルと形式を示す名詞化された形容詞を知っている。《リリシズム》は例外で、同一性を表す短い新語で、詩の形式を特徴づけることではなく、これらの名詞化された形容詞を含み、これらすべてを排除することを意味する。

5. リリシズム、自分のねぐらをけっして見つけないように強いられた、さまよう言葉。

6. リリシズムは妥協しない言葉である。この言葉は分析と定義に抵抗することによって、対話者がかけたがる質問を逆にこの対話者に投げ返す。そうするとリリシズムについて抽象的に語ることはできなくなり、この私たちの言葉の入念な記録となる。リリシズムについてのすべての批評は創造過程でその目的に拘束される。

7. 言葉について語るのではなく、言葉で語るのである。リリシズムを論じることは、永久的な試みである。長い歌をこしらえあげること。（論じるとは、《ある場所から他の場所へ休まずにたどられる道の長さ》のこと。）

8．ブルトンがヴァレリーをもじって詩は《知性の崩壊》でなければならないと書くとき、それはそこで理性が氷解し、巨大な氷塊がこの大浮氷群から離れ、ひっくり返り、押し合い、そしてもはや互いに認め合うことなく並んで行くことを意味している。リリシズムは人事百般の立派な秩序のなかに混乱を撒き散らす。ほとんど革命的ともいえるただ一つの言語である。

9．リリシズムの言葉の範囲はもはやいかなる神によっても人間の背丈に合わされることはなく、人間が滞在する歴史の広がりによって開かれ、たえず増やされていく。壊れやすく、ここでこそ人は地上に本気で身を落ち着ける。

10．リリシズムは他人まかせに不死の、無限に対して責任のある人間を夢みる。

11．しかしながらパスカルは『回心覚書《メモリアル》』(1)の射禱(2)にもかかわらず、もっとも純粋なリリシズムをもとめて絶えず呻吟する。ほんとうの悲惨とは確信の余白である。

12. 現代のリリシズムは、空、大洋、砂漠、あるいは山を書き続け、しかもその書き方は雲、水滴、塵といった小さなものによるものであること。崩壊、貧しさと謙譲の美学。

13. めったにない重要な言葉とは、定義と使用から捨てられた孤児たちである。何らかの体系を打ち立てることがもはや不可能に思われるまさにその歴史的瞬間において、言葉について鋭く質問がなげかけられる。

14. 詩は、その起源を漠然と知ってはいるが、その始まりについては全く無知である。初めに誰が歌ったか、どんな声域で声がそれに応えたかはたいして問題ではない。詩においては、すべての過去が未来を語り、すべての未来が現在にやって来る。時空はどこにでも根づく。

15. 矛盾はリリシズムが言語の場違いな気取り——中学校の落成式で布袋腹の官吏たちがする演説——と、言葉にとつぜん勘定を催促する抑えがたい熱狂的な圧力の一つとを同時に表現するということのなかにある。どちらの場合も、言葉の限界が危機に瀕している。

16. 外部的な目的にもとづかない言葉、ただし私たちの条件の激しい感情に応える言葉。露わにし、包み隠さない言葉。いっぽうでは大押韻作家《レトリクール》(1)たちは言葉を巧みに操って不滅の法を訓練し、リリシズムはくちびるを火傷しながらもどれだけの時間が私たちに用意されているかを告げる。

17. 情熱の表現であるパトスとしてのリリシズムから、この言葉の病理学に至る。病んでいる言語と放埒な人間と。

18. リリシズムのなかには対立した二つの熱望がある。一つは祝祭への熱望であり、他方は死へのあこがれである。一方は世界を飾り、他方は世界を掘る。これがリリシズムが幸福の熱烈な捜索であり、はかなさの意識であるといえる理由であり、真の人生のモラルからそれほど外れてはいない。

19. リリシズムとはたった一度きりのものであり、そしてその絶え間ない繰り返しである。

20. 私たちの耳とくちびるをそこに貼り付けるために、物事に不在の心を見つけ出す。まずそれが戦う音を聞き、私たちの眼が外見上を滑るのをやめるように。それからそこで血にまみれて飲む。それから私たちは酔ってしゃがれた声でしゃべるだろう。

21. リリシズム、誤解の悪魔。

22. わたしに大切なのは茂みではない、たとえそれが厚く茂った、むせかえる、雄鹿の森の緑であろうと、羽の生えた旋律であろうと。そうではなくて、わたしに大切なのは水源を出迎える私たちの根源のいわくありげな歌の動機である。わたしの美しい鳥は地獄に居り、わたしの空はあっというまに花開く。

23. リリシズムとは不可知なものへの情熱と確信である。

24. 神さまの好意とは、私たちに不足させることである。神の不在は私たちの唯一の確実性であり、この空虚が私たちを満たし、この欠如が私たちの愛である。こうしてひとりで叫ぶことは称賛であり、聖なる孤独である。

25．《霊感から生まれた言語》とは、その力が現れるにしたがって言葉が何ほどか増大することを意味する。言葉へ向かう言葉、それがリリシズムであろうが、しかし言葉についての言葉、すなわち歌はあたかも持続がそれ自体の上に時間をしるすかのごとくである。

26．詩は道をなだらかにする。詩はその境界の上に陰の奥底を作りあげ、そこではいくつかの花が開き、水がちょろちょろと流れ、動物が死にやって来る……。こうして一粒の種が蒔かれた。そして透明な奔流が海に向かってとても速く流れるので、高地から崩れた岩塊は透過できない結晶となってそこにとどまる。詩は私たちの生の美しい場所にあり、それに比べれば詩を書き上げることなど通りすがりでしかない。

27．言葉だけがいわく言いがたいものを創り出す。

28．運動は闇の不動に似ていなければならない。そこで言葉が震え、道から遠ざかり、姿を気にかけずに現れる。風が起こるこの沈黙からあらゆる種類の遠くのつぶやきが近くなる。

29. 私たちは言葉を持っているから、表現し難いものが私たちの手に入る。そこでは言葉が不足し、沈黙が私たちを実際より大きくみせる。こうしてこの言葉の空白は言葉の白蟻の巣でとても混雑させられやすい。

30. わたしはことに墓地での草と石の結婚が好きだ。

31. 魂とは人間より大きくはない肉の切れ端のことである。

32. いま危機に瀕しているのは詩法ではなく、形而上学である。世界を書くことと読むことは同じ意味である。グラックが《人間の草[1]》と呼ぶものを根付かせること。

33. リリシズムは詩を第一の天職にする。絶え間なく全方向に語り、果てしなく叫び、書かれる。この渦巻く創造は人間を不安定な状態に解放し、創造がまた読むことでもあるならば、人間をこの状態に追い散らすかもしれない。狂気と唯一釣り合って読む行為は、ダンスのステップのように厳格で、詩人がさまようのを防ぐ。わたしはこの赤裸々な巧みな冒険をリリシズムと呼ぶ。

移り行くもの

出生から死まで私たちは勤勉に生きてはいない。私たちは時々気が合う。夢想が錯覚する。そしてひとは他人をのべつまくなしに愛することはできない。情熱は熱狂のように死ぬのが待ち遠しいようにみえる。真の人生は短い旋律でつくられ、幸福をささやくにちがいない。時間は私たちを意のままに振り回す。言葉もまた彼らの時計を持つ。

私たちの存在は縁《へり》、生と死の二つの空虚の間を移り変わって行くに過ぎないだろう。ここにリリシズムが話にならないほど小さなことを狂おしいまでに美化する理由がある。はかなさからリリシズムはその本質をつくる。リリシズムは砂漠の上に白い石の道を描く。文体、つまりどこにも向かわない小道は無限を飼い馴らそうとする。

リリシズム、この割り込みと、書く行為のなかでかりそめの生から逃走するこの滑走。

わたしは自分の存在を書くと言い切ることはできない。語り始めるや否や、もうわたしは遅れている。追放されてわたしは眼を閉じた。もう何も起こらない。わたしは別のことをしゃべる。周りではすべてが混乱し、言葉たちが空しく残される。

わたしはペンをとり、存在の錘を変え、そしてもっと遠ざかればそれだけよく自分自身と一致する。情熱をもって極端な自負に潜むため、並外れて野蛮な地上に言葉とともに身を落ち着けなければなるまい……。

だがわたしはこの世にあまりにも執着しすぎている。移り変わる人生と、その裏切りやすさと、沈黙の周りのこの惨めな肉の被いを愛している。

そこでこれらの調子の狂った散文の断片が残る。声を震わせる日常の残骸、切れぎれの絶望、あるいは反対にあまりにも美しすぎ、単純すぎ、優雅すぎて、酔わせ、そしてこんなふうに速く過ぎ去るままにさせたくはないものごとである。

芽立ちから開いた花の最後の花びらまで、リリシズムは愛の文法を解読する。

はかなさに関する5章

《私たちの務めは、仮初めで壊れやすいこの世界をとても深く、苦しく、そしてとても情熱的に自分自身に刻み込むことです。そうやってその本質を目に見えないまま私たちのなかに生き返らせます。私たちは見えないものを集めあるく蜜蜂なのです。》

ライナー＝マリア・リルケ(1)　一九二五年十一月十三日付手紙

第1章

苔類

人間たちは言葉というものを苛立たせた。言葉はもう歌わない。けれどもまだ必要もない言葉たちの叫び声がいぜんとして岩だの樹皮だのに引っかかっている。それらは希望という古着を着込んでいるのだ。

言葉のなかには何の理由もなく歌の前後にやって来るものがある。沼の間に苔類が、海岸の岩の上に海藻が見つかるように……。そんな言葉には塩と嵐の後味がする。

また高い樹の枝には、空から打ち上げられた緑色の小さな船体を風が揺り動かしているのも見える。滴り落ちる雨水がそれらを夢みさせている。難破した小さな船たちの根は樹木の秘密を吸い込む。

雨のおかげでこれらの小さい緑色の破船たちはとてもゆっくりと育つ。それらは乾燥や寒さや空しさに耐える。人生のすべての形が地上から消え失せた後にも、それらだけは高い枝先でまどろみ続けるだろう。

苔類は花咲かない。控え目に、とても貧しく、醜いが、誰よりも美を崇める。酸性の岩の間には苔類の苦悩がこびりつく。

たわごとを言うこの少量のインクで、どうやって詩を書こうというのか？　私たちの血管のなかで雪の塊りが途切れ、嘲笑と愛が溶け合う。

でっちあげそうになるのをこらえること。書くことはすべて承認の証しである。

風の難を逃れた海藻の束の縁取り、奇跡的に命拾いした貪欲な散文。いらだつ蛾の死骸。これらのものは貴重である。幸福はいちいち数え上げられ、少し遅れて死ぬために一つずつ取り上げられる。

途中でたくさんの言葉を失くす。混乱に愛情を少しつぎ込む。虚弱からじかに信念のかぼそい建物を建てる。過度の優しさに用心せよ。この世は夢ではないのだから。

これらの言葉のうちどれが充分に的を射ており、星をまともに鞭打ち、この水門を通り抜け、そしてこの光の海を長い間、ほんとうに長い間航海できるようにするだろうか。

空しく書く。容易ではない。はっきり書く。低い声で。魂を引き裂くため。心が逆上する。

糸口のところしか絶対に書かないこと。ページの上でのペンの偶然なタッチだけが人の心を動かす。これらの文章が最初の詩、まさしく身を守るわずかな言葉だ。

言葉は逆らうものではない。曲がる葦であって、耐えることを素晴らしいと思うことである。

わたしは沈黙が逆流するのを聞くために書く。わたしは歌に先立つものを詩と呼ぶ。

言葉から少しの単純な法則を引き出さなければなるまい。これらの法則は日常の存在に直接あてはめることができ、私たちの心を強くし直してくれる。

沈黙は大声で夢みる金でできている。わたしはよく考えた言葉で書く。

美しい魂

魂《アーム》。

あらゆる言葉のうちで最も壊れやすく、最も望まれる言葉。最も沈黙している言葉。わたしは自分の声から細かな白い石の粒を掘り上げた。

魂はそっと黙り込んだ。夜に白熱したたしみをつけて。わたしはその郷愁をしゃべる。

ここにいま書かれることができる意味のない一つの言葉がある。そしてわたしはその言葉に似た言葉しか書きたいと思わない。それらの言葉は化石化していて、理解されないに違いない。端と端をつなげて、それらの言葉で貴重な首飾りができるだろう。一つ一つの言葉は偶然の結合であって、対象のない愛、言葉への愛を確かなものにする。

魂《アーム》、アニマ、生命の息吹き。
アネモス、風。アネモネ、風に開く花。
動物、生命のある。
イナニス、空虚な、生命の息吹きを欠いた。
魂、わたしの息。

むきだしの、無能の言葉。そこに到達しなければならない。

魂が死すべきものか、不死であるかを生涯を通して知らないでいることが大切である。
詩は無知の幸福だから。

魂は雪の降っているときの地平線である。

魂は小さなハリネズミ、ウニである（欲望にいらだつシャボン玉、ボール、ガラスの目玉）。

ごく小さな重要なひと言。このひと言で口を開き、くちびるの上に見えないしみをつけるこのわずかな沈黙を急いで吐き出してから、再び閉じる。

魂は愛の始まり。

死んだ魂たち。

お人よし。地獄の亡者。よき伴侶。苦悩する魂のように。良心に誓って。心を痛ませる……。

魂は退屈で、はかない。

魂の帽子。

魂という言葉は私の頭に穴を掘る。この言葉は満たされなさをあらわす言葉でもある。魂とは、書くことがでっちあげるものである。

はずれの言葉。辺縁の言葉。どこからでも始まる言葉。アーモンドの木の言葉、春と高齢の雪。
この言葉の卵は孵化しないだろう。

プシケ

蛾《プシケ》の全生涯は翅の上に書き込まれている。絹の繭のなかでたっぷり待たされたので、もう変化しない。かれは変態することで相続をはたし、地上で新たに学ぶことは何もない。かれは過ぎ去る時間をあざ笑う。かれは自分のいのちをちびちび飲むために空に口を開く。かれは贅沢に生き、だれに出会うこともなく、しかしときどき自分似の花を訪問する。かれは老いない。かれの脆さが逆にかれを護る。かれは死なない。ある朝太陽の一撃がかれを襲うか、あるいはただ目覚めさせるのを忘れるかする。

この放浪者は口いっぱいに花を詰め込んで、庭を百回も飛び廻った。かれは生まれるためにたくさんの時間をかけるが、とても急いで生き、芳香のする枯屑のなかで疲れはてて死ぬ。

だれが私たちをひしめく筋肉から解放して、かれのように飛べるようにしてくれるだろうか？

鱗片で覆われた四枚の翅は多産な埃を人間界の夜に撒き散らす。蛍がかれを恋する。夜の香水の大酒豪であるかれは甘い花蜜を吸うため飛行のさなかに静止する。かれは愛を祝う。腹部につくられた見せかけの足が揺れる花冠にひっかかる。そして翅の屋根の下で一日じゅう眠る。

どんな空洞、どんな窪みでもかれは厭わない。軽い情熱に捧げられたかれの心臓のフルートは花を見たときにしか夢中にならない。熱狂的な血がかれの頭を潤す。風がかれの翅の脈をとる。

かれは光の悲鳴である。

蛾はひそかに柏の梢の首に卵形のメノウでできたとても小さい首飾りを掛け、あるいは葉の付け根の下に隠す。腹の膨れた蛾を金網を張った籠に閉じ込めると、すべての未来を内部に込めたまま、ひとことも叫びもせず、かれは死ぬ。

コーダ＊＊＊

その年の冬は雪の日が四十日あった。雪は吹雪になることはなかった。真っ白な空が雪の源を汲み尽くし、言葉がページの上から取り払われるように溶けていった。少しずつ物の形が掻き消されていった。雪は人家、街の塔、教会の鐘楼、そして山の上の高い十字架さえも埋め尽くす。雪は海を覆い隠してしまった。

平野が山脈の高みまでよじ登ったときにこの洪水は終わった。世界には巨大な大浮氷群だけがじっと動かずに存在し、その白さはもはや夜でさえ闇に沈めることができないほど真っ白だった。地面はその白衣の下で凍りついて、チョークで描いた月のようだった。

こうしてもし青ざめた無限の朝に鱗粉をまき散らし、この世界の死体の上で香気を放つ鱗片に覆われた極彩色の無数の蝶である朝焼け、想像を絶するこの朝焼けが突然出現したのでなかったら、あらゆる生命は死んでいたことだろう。これらすべてが互いに見つめあい、こぞって凍った乳を飲む。こうして雪が溶けた。しかし寒さをむりやり詰め込まれて、無数の蝶である朝焼けはその翅の下に最初の花が穴をあけると死んだ。

＊＊＊

第2章

夜想曲

夕暮れは刈り取られた草の香りがする。樹々のてっぺんでは雲が押し合う……。昼間が苦心してぶらさげていたすべてが昼の熱気と共に祝福のように私たちの肩に束になっておりてくる。半透明で脆い幸福を身にまとって私たちはきっとあのときだけ本当に生きていたのだ。私たちは夜に飲み込まれる前に世界と折り合いをつける。私たちは見知らぬ河に沿って進む。その河口は死につながっているが、その澄み切った水は歌を歌いたい気持ちを起こさせる。夕暮れに私たちはじぶんが誰であるのか思い出す。

晴れた夜。牧場は青みをおびている。タンポポは野禽の巣を隠す。草の切り口が光っている。昼が再び始まるときには、朝の眼窩に丸い涙がいっぱい溜まっているだろう。そしてお昼までには葉の上にたくさんの汗。夜明けの中には女の腰と手のひらがあり、その黒目がちな瞳に一挙に火が点くだろう。

鳥たちは沈黙の大きな花束をつくる。樹木の青いウールの下で声が編み物をする。ばら色の短い詩をひねくり回しているのは空の詩人たちである。子供たちはこぶしを握りしめて眠る。月の切り傷が再び口を開き、そこから時が逃げ去る。地平線は飛び越えられない黒いチョークのなかで凍りついた。夜をすっかり飲み尽くさなければなるまい。未来はそこにつながっているだろうから。敷石のまわりにわずかに草の芽が生えている。

星たちは円くなって座っている。私たちは空でハンカチ取りをして遊ぶ。ときどき首をかしげて月を眺める。夜明けにわたしは声を振り絞って叫びさえした。だが冷ややかな神様は私たちの目まいを気にも留めてくださらない。神様の願いは石が裂けることである。

思いがけない幸運

人間のなかに全く存在しないものは夜明けの色である。わずかな夢や魂、乾いた涙の花束、心の片隅に押しやられた昔の愛、すでに失われた時間を生きるために人に残されたもの。

夜明けは手探りでその物語を始める。夜はオールを漕いで戻り、空は斜めになっている。月は啜り泣きと真珠を船のうしろに点々と並べたと言ったらよいだろうか。白髪の女が水の流れに漂いながら歌う。蒼ざめた星が陶器の犬になって女を眺めている。幽霊たちは彼らの西洋かぼちゃと綿シャツを脱いで、裸で河に潜り、真っ赤になって女を探そうとする。

地面は低く、白々としている。空が遠くから戻ってくる。時間は今夜世界一周に出かけた。

夜明け、それは色彩と記号の前のとても純粋な瞬間、夜の後で美を発明する時間。

夜明けは冬と混同される。同じように生き生きし、同じように青白く、皮膚と同じように魂を刺す痛み、声と同じようによく響く虚空、石と同じようにむきだしで、とりわけ同じように期待がある。

夜明け、雪の降る海岸のように。泡は二つの水の間でためらう。ヤドリギの冠をかぶった船たちの凍りついた索具は樅の木をきらめかすのと同じ水銀でできている。水夫たちは腕に日曜日の帽子と色とりどりの包みとを抱えて足早に港を横切る。

夜明けのなかには、酔っ払った朝焼けと、とても遅くまで明るいままのこの長い夏の昼間、そして過ぎ去る美しい時間の世界で大勢の男女が彼らふたりの影の間を散歩するこの長い夕暮れが用意されている。

散歩についての短い賛辞

散歩は旅行ほど雄弁ではない。散歩にはつぶやきで充分だし、散歩は小川に沿って歩くのをとても好む。注意深く耳を傾け、しかし一言も発しない。その足取りは軽く、息遣いは規則正しい。ときおりもし心臓の鼓動が早くなったとすれば、それは歩みが速くなったからではなく、歩みがとどまったからである。すぐ近くで地面が飛び上がる。葉群れからおののく鳥が飛び立ち、陽射し、風のそよぎ、愛の一撃、とどめの一撃……。散歩は驚きを愛する。それは皺くちゃの紙くずに未知の冒険がこれから書き込まれようとするのと同じだ。

散歩はまた沈黙と物語を愛する。地面に足をのせて私たちは散歩を夢みさせる。しかし出会いと出会いの間には長くて白い砂浜があり、発見よりはるかに多くの待機があり、目が大きく見開かれる時間がある……。

散歩は単純な言葉を言い、そのなかで欲望が澄んだ鐘を鳴らす。その様子は生き生きしている。夜明けが言葉にと同じく歩みにも最高の時間を与えてくれる理由がここにある。作り上げられる道のほうへ両の手のひらを向けて、どこを歩いているのかよく分からないままに進みあるいは書くことだけしか問題ではなくなる。数々の影の間で言うべきことはほんの僅かしか残っていない。

わたしはあり得ない風景に自分の心とからだで浸りきるために散歩する。わたしはたまたま数本の樹木に惹きつけられる。わたしは危うくも無知になってしまった。

わたしはブーツをはき、厚いウールのシャツを着込んだが無駄だった。田舎の道はもはや何も語りかけてこない。にわか雨のあと草はその香りを失った。物事はそれぞれの場所で無言のままでいる。畠はタピストリーを織る。世界は急に不安に襲われだしたかのようだ。

病気になって寝込み、廃れて久しいこの道を再び通ることがなかったとしよう。それから新生児のように再びこの地上に現われたとしよう。風に揺すられ、世界から称えられて……。全く新しいからだを持ち、ひたいに長い白い包帯を巻いて。ちょっと歩いてみて、それから本当に歩いてみたくなるだろう。道が遠ざかっていくのを眺め、木の枝に眼をしがみつかせて、自分の内に人生を得るだろう。

わたしはたまたま散歩中にきみの手に出会った。死の前の数時間の猶予。散歩はひとくだりの文章であり、落ち葉の上に私たちの声が落とす足音である。私たちは自分の裂け目を訪れる。髪の乱れた茂みは哀しげな老婦人に似ている。墓地の墓はやがて雪が降るのを待ち望んでいる。生きること、それは愛するすべての物事の間で途方に暮れることだ。母親を探す子供のように。

第3章

わびしい街はずれ(1)

ジェラール・ノワレへ

《わたしはけっして催されなかった
祭りの翌日に住んでいる
濡れた紙玉が散らばる通り
笑いの上を引きずられる家具》

ジェラール・ノワレ(2)

彼らは柳の旅行かばんから青空を全部、へそくっておいた夢、そして今にも降り出しそうな雲、女のまるい腹やその眼のなかで回る地球のようにふくれあがった大きな羽根ぶとんを運び出す……。

彼らは長いあいだ地面を掘って、爪の下のほんの少しの青を探した、幼年時代後期あるいはぬくもりの残るブラウスの胸元の切れ込みのような。

夜明けの大きな孤児院は、キリコ(1)の絵のようにアーケードで閉ざされ、光で二分されたがらんとした広場である。

そこは水曜日になると、大型バスが陰気な子供たちの一団を降ろしていく廃墟の街である。絹の人形や張子の青い鳥を売っている小商いの店のショー・ウィンドーの色つきの夢の崩れ落ちた土くれのように。

見知らぬ通りにあふれるたくさんの意味のない雑音、そしていくらかの石で一夜のうちにかろうじて建てられたともいえる家々。塔はダイヤモンドをちりばめた深い黒色のドレスを身にまとう、それらは愛の陽気な寡婦たちである。

墓地の狭苦しい空、十字架の固い腕のなかで風もない。

黒い部屋着をきて、厚手のスリッパをはいた小柄な老婆たちが濡れた巨大な菊の花をかかえている。彼女らの視線の先、砂利道がぎしぎし鳴り、ときどき無言で十字を切り、落ち葉を吹き散らす。彼女らは袖の折り返しで乾いた雀の糞をぬぐう……。彼女らが立ち去ると、すべてが灰色を帯び、扉がきしむ。

ほかにもまだわんぱく連中やめんどりたちが叫び声をあげる市松模様の庭がある。教会の鐘が十時を打ち、信徒たちに市場へ出かける時間を知らせる。空には空想をかきたてるようなものは何もなく、地平線は長々と寝そべって眠り込もうとする。太陽がふたたび昇ろうとは思えない。

足の悪いおんどりのしなびた顔。

それから壊れた薔薇の呼子笛、喉にひっかかった蟻の米粒。ばさばさの毛の子猫の死骸、頭の禿げた亀、歯茎のなかで凍ったりんごの種。

青い服の小学生の女の子が道路の白い鋲の上を飛び跳ねながら横断する。彼女は片手で車の鼻面をすばやく撫で、車は彼女のほっぺたに三度キスして、ちょっと腰に手を廻してみたがっているらしいが、やってみる勇気はない。

病院の廊下で、彼女は白と黒の四角いリノリウムの床板の上で石けりの小石を蹴る。薄くロひげの生えた老女がベッドの上でいびきをかき、その白っぽい灰色の眼は大きく見開かれている。血色の良い看護婦がふたり、片足の人の肱掛椅子を押しながらぺちゃくちゃおしゃべりしている。

花模様のドレスを着て、髪にピンク色のヘアバンドをかけ、可愛らしい様子で彼女は通りを散歩する。鼠ぐらいの大きさの犬が小石のようにつやつやして、青い皮ひもの先で甲高い声で吠える。とつぜん犬は動かなくなり、後ろ足を開いて折り曲げ、窓の下にしずかに小さな緑色の糞をする。少女はわたしに微笑みかける。

黄色の売春婦は通りのまるい時計である。いつも同じ時刻を指している。よろい戸をきっちりとおろし、月も太陽も同じベッドのなかでやつれる。閉じこもった女。仙女の手首に切り傷がある。セックスするとき、彼女はふくらむ小さい女の子の心を持ち続けた。

雨降りのときの家はドミノの箱である。雀たちのちっぽけな木靴が屋根の上を小走りする。水門のそばで悪魔の人形が歌をくちずさんでおり、彼の青い自転車がりんごの木の下にある。底の平たい川船は水滴の巣箱のなかの灰色の鯨たちである。ラジエーターの裏側で長い間死んでいると思われていたすずめばちが生き返る。ピアノのなかでおとなしい大男が眠っている。

死の始まりはつねにここである。壁の間に。白いページと乱れたベッドの間。握り締めた手と盲目の言葉。関節の外れた指は、母音かあるいはほぼちぎれたように見える波のよう。浜辺のふちには引き潮が瀕死の海藻と塩を置き去りにしている。

街のなかに在るものとして書く、他者と悲痛な他所の不在に向かって。

つねに出発の第一歩。インクや玉虫色に光る重油の広がりのなかに立ち往生して。ぶつかり合う帆柱、帆桁、ロープ。波止場の上で重い頭をこっくりこっくりさせている漁師たちの青い足の間に灰色の魚が広がっている。斜めに飛ぶ鳥たちの下で揺れている船体のそばで。

街はずれは人の立ち去らない港である。屋根の間に海を想像してみる。見えるものが見えない。途方にくれる時間しかない。

いつも入り口に居る。その両眼よりも遠くにはもうけっして行かない。道のどんづまり。けれど夢を見、そして死ぬ、ぶ厚い肉の下、赤味を帯びる熱い血のなかに護られてさらに夢みようとして。それでもなお。彼は海の上の太陽のろうそくを見る。煙突のたそがれ時。彼は苦しみにさいなまれるうねりを聞く、車と叫び声の騒音。ざわめき。水夫たちの刺青をした腕と、雑誌のページの間のセイレンたちの乱れた髪。

砂の上、音を立てる、色のついた列の古い跡の間で待つ。夕暮れ、空と海が同時に沈黙するときの青い麦の種。あとは樋《とい》のなかに数羽の雀が残っている。プラタナスの木の下に剝げ落ちた黄色のトラック。エニシダの間の大きなロバのよう。盲目の雄ラバの重たい腹。

入り口のすぐ近くに、割れた不動の卵のような海がある。たくさんの船が崩壊する空の断崖。海中に転落する男の魂。

雪が降るときはいつも窓の隅で待つ。あるいは夕方頃にはぱちぱちはぜる歌のなかで。最初の芽吹きのときに。夏の列車は一気に飲み込まれる夕方の交差点で彼らの木の葉を刈り集める。陽が落ちたのにまだ暑い。良いお天気だったかつてのことを覚えているのに。草むらのなかのかくれんぼの明るい笑い声。未来とは、湿って暖かい藁だるまの心臓のなかで夢みる子供のことだ。にわか雨の下に寝に行くのも。夜は夜明けや夕暮れに鳥たちが盛んに囀る深い雑木林に似ていて、わたしはもう自分がこんなに夢を見ているのが分からない。

わたしは愛もなしに言葉を話していると言うべきかもしれない。砂糖でできたペンがページの上で溶ける。インクは甘ったるく溺れる。叫んだり死んだりするにもかかわらず完全に夢を見たがるのだ。もう、眠っている人のくちびるの隅に挟まった一すじの草でしかないのに。空の下では、地面に描かれた一はけの絵でしかない。木々や石くれの爪の下にかき集められたわずかな記憶。

オルヌ川とヴィール川(1)の間の真珠貝海岸《コート・ド・ナクル》(2)では、イギリス海峡(3)は匂いもなく、音も立てない。墓地の礼拝堂に似た白い更衣室《キャビン》にふちどられた灰色の広漠とした砂浜に沿って果てなく延びるまっすぐな寒々とした海である。海は上陸するにはおあつらえ向きで、旅立ちには向いていない。夏には海水浴をしない青白い顔色の避暑客たちがいる。彼らはそろって近郊からやって来る。暖かく包《くる》まり、尻のなかほどの高さまで海に浸かって、休暇中の幽霊のようにぼやけたシルエットで、貧弱で透明な小えびを捕るために数キロメートルにわたる引き潮の泥を掬う。ここにはバストのすっきりした可愛い女性はいなくて、尻の大きな太った中年女ばかりである。陽射しが薄い。しょっちゅう雨が降る。干潮時に霧が出ると、もはや水平線さえ見えない。

貧しい人々の灰色の休暇である。

夏の夕方。お向かいの老婆がみんなにこんにちはを言って、物干しをたたみ、洗濯物を取り込む。スカートや、二足の靴下や、洗ったのにまだ黒ずんでいる数枚のパンティーなど。窓毎に、ラジオがニュースをわめき立てている。世界の切れ端。無線で旅する歴史の端ばし。人間同士の絆の幻想……。夕方には地球はまるい。

あそこでは、人々は小さい船にどっさりすし詰めになっているそうだ。ここではそれは引き潮の時だ。広大な浜辺でかもめが餌をついばむ。ガソリンは真夜中に十サンチーム値上がりする。生暖かい。さらに長いあいだ確実に生きるだろう。

七月十四日[1]。
大きな音を立てて強風が吹き過ぎる。太陽が兜を脱いだ。木々が人垣を作る。それらはパレードの抜け殻、廃用になった天使たちの兵舎の軍服である。雨が降る、巣は蜜蜂たちが蜜を吐き、そして死にに行くビュッフェである。

幼い死者はその棺の青いサテンにジャムを塗りたくった。尺骨がオーボエを吹く。兵士たちは西洋タンポポの下を行進する、左に武器を、両足を前に。彼らは皮膚を売り物にし、貸し与えられていた魂を返却する。悪魔が棺を運んでくる。地面の下は暑い。

窓もまた熱を帯びている。床の上は冷たい汗、カーテンは悪い夢に浸されている。

空の半分が地面に落ちた。

わたしはきみに誓う、あれは雲の上を自転車で行く天使たちだ。彼らはランタンを灯した、イエス様が落下傘に乗っており、飛行機が天使たちを見つける……。彼らはペダルを踏みながら金色の大きなピーナッツをかじっている。

フォーマイカ[1]のスツールにさかさまに止まった三羽の緑色の鳥が眼からぽたぽたと血を

流している……。

世界地図をまとったハンターたちがマニラゲーム[1]に興じている。三匹の犬がサイレンサー銃連射砲架の下で眠っている。月の女神ディアナが愛の後で髪の毛に蜜蜂の卵を付けて泣く。

彼は自宅で生活費を稼いでいる。一日中まったく傷のない鳩を絹の紙で包み、それから注意深くビスケットの缶に閉じ込める。

彼は寝ている曙を招待して夕刊の上で最後のシガレットを吸わせ、それからアルファベットを力一杯唱える……。彼は天上の丸木舟の密売に関心がある。

裸足でよろめきながら、彼は夜ごと悪魔に謎めいた包みを届ける、そして妻には湧き立つ水の入った磁器の花瓶に生けた鰐チューリップの花束を。

それから支払いがなされる。彼はひき蛙型のピストルと粉末状の雨を入れた匂い袋を買う。

街はずっと前から死んでいる、それは通行人たちが覚えている古い哀しみの後のことだ。
満員の列車はそのひびの切れた沈黙のくちびるを治さない。

街では
まともに雪が降らない。空はどうすればいいのか分からない。雪ひらはとても重いので、一挙にまっすぐに落ちてきて、空いたスペースに住み、そこで合図をするのに手間取ることもない。雪ひらは地面に着くとたちまち溶ける。
真向かいの屋根は黒いまま。そしてほどなく、陰ではある種の沈黙が足りなくなるだろう、ちょうど空で鐘が、暖炉で薪がぱちぱちはぜるように、それは神様が窓で枕をお振りになるのを私たちがもう一度夢みることができるようになるためなのだ。

私たちは最初の一条《すじ》の日の光が灰色がかった水をしみ出させるこのよごれた雪だるまを、私たちの心と呼ぶ。
たぶん言葉というのは私たちの雪の煤《すす》ではないのか？　たぶん詩というのは、まばゆい平野を全力で走ったので息が切れる人間の物語をあざやかに書き上げることではないのか？　そしてたぶん……。しかし私たちはじっさいは今夜夜が来て私たちの蒼白を一挙に飲み込むのが確かなだけにすぎない。私たちは窓から窓へ花づなを張る。この季節には、私たちの髪をほどいた闇がただひとつの葉むらとして残ることができる。

第4章

胸元の大きく開いた

エシャンクリュール（V字型の襟ぐり）は、

（シャン（歌）—シャンクル（潰瘍）—シャントル（聖歌隊長）—シャンヴル（麻）—サンドル（灰）—クリ（叫び）—クロワール（信じる）—エクリュ（生《き》の）—エクリール（書く）—クルヴァス（裂け目）—クルヴュール（パンク））

たちまち星座のように並ぶこれらの言葉のうちの一つである。眼に見えない髪の毛によって電気を帯びた、吸引力があり、愛される磁石のような言葉。

詩は私たちの生の単調な空に晴れ間を開くから。時間が姿を現わし、ものごとが花開き、存在がむき出しになり、満ちあふれる。

詩は女性のブラウスの広く開けた胸元のように、布地の下の温かい肌。欲望と言葉がぴったり合わさっている。

詩、それは魂の癌。死が私たちの内部に穴を掘り、かさかさの小さな傷をばらまく。

胸元の切れ込み、それは書かれて引き裂かれたわずかな肌。

湯気のページの上の半裸のきみ、心に冬を抱えて。

風から息を汲み、すすいだ眼からささいなことをあれこれ汲み上げてきて、きみはむなしく語る……。

きみの青ざめたくちびるの上のいくつかの言葉とひきかえに、枯れた花でつくったこの最後の花束をきみにあげる。

世界の果てがさよならを言った。


曙に閉じ込められて、こんなにも苦しみながら、きみは見えないものを書き留めた。石の悲痛な沈黙にさからって泉が壊されるのを待ち伏せながら……。たくさんの新たな金塊がきみの血管をさらに美しくした……。

もういちど夕方に耳を傾けなさい。そこで一羽の鳥が死んでいく。白いテーブルクロスの上にからすの羽が一本。きみの酸っぱい喉の砂、海に注ぐ大河のつかえがちな水音。

夜の手のひらの間できみの海胆《うに》の心臓はさらに赤く血を滴らす。あらゆる音がしずまると、きみのくちびるはよけいに蒼白になる。

菫の花束も、巣のなかの卵が空に飛び立って小さなミイラの星になるのも、もう見えない。

鳥たちは盲目の飛行機にまたがって眠る。

きみは木と樹皮の間の、とけた雪の繭のなかで夢を見る。

私たちはもう空に行かないだろう。

融けていく雪は何も考えないから。

この風のさなかできみは手をたたく、かるく、穏やかに、そして自由に。雪は房になり、白い音節の荒野のように、赤いカーテンの裏に雪どけ水を撒く。きみは泣く。眼を半ば閉じ、いさかいあう心の底の天使たちにほほ笑みかけるきみは、さらに美しくなったようだ。

夜明けはやがてもどるだろう、塩とドラジェ(1)でできたその美貌はいらくさの花のあいだにそっと隠れている。真珠貝色の薄明が海のはだかの腰にぶつかって、貝の四輪馬車のように揺れる。

空できみは爪のほそい子供を生んだ。

きみは泡のタイルで、その子のベッドをやさしく包《くる》む。

あそこで誰かが腕をひろげている。酔った水夫たちが声をはりあげて歌う、ほどけたロープを投げ、真っ赤な心臓を帆にかかげて。舫《もや》いのとけた青い船が海を跳ねていく、海の泡、かもめの言葉になって。空はひろびろとした河口で、きみはそこへ大声でしゃべりに行く。

きみはブリキのビスケットの缶に絵のコレクションをしており、きみがそこに夢を見にいくたびに缶の蓋がきみを見つめる。

缶のなかには大麦糖や青いベルランゴ(1)、プラムケーキや綿菓子《バルブアパパ》、割れてきみのくちびるを血でべとべとにするリンゴ飴《ポムダムール》が入っていた。

夜ごときみは心臓によい大きな黄色いボンボンをかじる。

神々は逃げ去ったそうだし、わたしは空が落ちたと思う。

天使たちは草のなかで翼をたたんで眠っている。

小悪魔たちは枝のあいだや樹皮の下で息苦しがっている。教会が道をふさいでよこたわり、残っている愛がそこにつまずく。希望というのは思い出が続いていくことだ。

第5章

心遣い

私たちのあいだの愛の物語の枯れ屑……。わたしはきみが眠っていた青い花瓶のなかにきみを探しに来た。ほんのかけら、ほんの一滴、わたしはきみの心に羽を植えつけて、きみは血を流す魚のようだ。わたしはきみに軽く触れ、きみの心の奥底に手紙を書いたりしない。しみをつけるのはただ少しの暗闇だけ、からからになった一行の空疎な言葉だけ。わたしは私たちの周りの雑草を抜き取る。きみは数語を言い、それから言い終えるだろう。わたしは自分には何の力もないきみの物語をさえぎりたいと思う。きみには分かった、きみがちょっとでも死にそうだと思いさえしなくても。ただ、羽のきしる音はもう聞こえなくなるだろう。夜になる。沈黙と、大きなランプと、そして本。わたしは自分を探す、わたしはきみに言う、きみは耳障りな音を立てる羽とわたしの眼のあいだを行ったり来たりする。わたしのなかでちりぢりになるものはきみの確実さ、わたしはきみの面差しを失くして寂しい。

わたしはたゆみなくきみに書きたいのだけれど、きみはおのずから遠ざかる。わたしはきみをつくり上げられず、忘れてしまう。きみの不在がわたしを啞然とさせる。

わたしはきみの姿をふたたびつくり上げる。わたしはまた、まだ希望を捨てていず、この気がかりな合図の道によって人生に関わるこの不在でもある。わたしはきみによって死を好きになる。すべての言葉のためにわたしが望むのは、別の言葉がやって来ることでしかあるまい。

きみは漂流する小舟で、わたしは川の上に長々と身を伸ばしてよこたわっていた。私たちの間の言葉の契約は黒い川水である。

私たちは夕方菩提樹の下で落ち合う。あとは見せかけだけの温かみと鳥たち。昼間は記憶を失くし、この闇が私たちに接近する。身をすくめて、静かに呼吸する。

きみのおかげでわたしのうろこがつぎつぎに落ちる。不安げな肉の塊のようにはだかである。

きみ、理想的な食欲の貪欲な伴侶……。欠如はきみの装い、わたしの欲望はきみの美しさ、無力はきみの魅惑。きみはくちびる、そしてわたしはきみがかき混ぜる空気。

書くことは私たちから所有権を奪う。

あとは頰とこめかみに私たちの温かい心臓の血が残るだけ。菩提樹の木陰にうぐいすの声を聞く。円い月、平らな地面、広々とした空。

きみの頬のインクのすじ、ほんものの涙のような。わたしはほとんどいつも無気力のままきみのところへ行く。愛というのはこんなふうだ。

この絶望的なわずかなインク、私たちはそれを分けもつ。きみのからだはわたしのからだのなかで宙吊りのままである。

きみに話しかけるように、植物や動物や石に話しかけられればいいのに。わたしは物事のなかに撒き散らされてしか存在しないわたし自身のとらえ難いこの部分に話しかける。

できれば言葉ときみの呼吸とのあいだの可能な限り小さな場所を占有したい。きみの奥底でかるがると生きること。私たちは海で向き合う二つの海岸だ。そして傷を癒すために、塩で覆われた船をたがいに送りこみあう。

たましいとは傷口、インクが引き裂き、愛が縫い合わせる。わたしはきみに似つかわしく死ぬだろう、わたしはその準備をし、きみの沈黙のほうへ歩み、口をつぐむことをおぼえる。きみはわたしをずっと呼び続ける。私たちのあいだで時が過ぎていくのに同意する。

書くことは匂いのしない白いシーツに長いあいだ身を縮めていた後でふたたび歩き始めるようなもの、ときどき子供時代が思い出されるようなもの、あるいは物語が大きな声でとても注意深く語られるようなもの。草のなかにひざまずいて居もしない神様に祈るようなもの。

服を着ることは不可能だ。きみははだかになる。きみはわたしの顔をゆがめる。一連のむなしい指令。


言葉は沈黙に憧れる。わたしはきみの面だちの上でしか自分を見失う愛撫を知らない。きみの眼の周りのこれらの細かい皺は、きみに残されており、わたしが見ることができなかったすべてのものの視線である。わたしはきみについて語ることはできない、なぜならわたしは愛に固有の名前を知らないし、沈黙するかあるいはほとんど何も言わない言葉しか愛していないからだ。私たちの腕はほどけ、この付け足しの天国、つまり沈黙によって魅了されて、わたしはきみを見つめる。時折わたしは夢を見まちがえたと思った。

私たちのチョークの心臓のなかで、一匹の夜の蝶が自分の時間を待っている。震える命は羽を持っている。砂が呟きながらきみの指に色を付ける。きみの手のひらは太陽になる。わたしは澄んだ夜を少しずつ飲み、そして自分のインクのなかで輝く。

光がその最後の二しずくの蠟の涙を注ぐとき、わたしはきみの手をとり、きみの眼にキスすると、きみはわたしのくちびるを噛むだろう。互いに転がりながら、私たちふたりの愛は夜を飲み込み、私たちはお互いを見るために明かりを灯すだろう。

子供じみて

彼らは一つのメロディーでじゅうぶん皺くちゃになる紙でできた小さな魂を、そして口のなかには雲を持っており、彼らが歌うとくちびるの上に雨が降る。

突堤にすわり、水面《みなも》に足をたらして、彼らは長いことおしゃべりをする。喉が渇くと、しぶきを浴びた船のように笑いながら、海をびんから口飲みする。


わたしは心のなかに空想家の眼をした迷子の子供を持っている。白い壁の部屋のなかの一ふしの音楽のような。涙を流さずに泣く年頃なのだ。欲望がけっして夢を見ないシーツで記憶の余白のなかにベッドをこしらえる。

遠い国々、失われた国々は森あるいはリンゴのかたちをしており、影や鳥の歌でいっぱいの温かく丸い果樹園があって、首を切られた地面のように丸い。

彼女が家のなかに飛び込んできたとき、そこには小さな叫び声と、言葉の長い列、さらにそのうえ、感動的な沈黙があった。日々は時間を変えた。影のなかでこの小さくて奇妙な喘ぎが聞こえていた。きみの心臓はさらに強く打ちはじめた。わたしは新たな血の滴りをこっそりと数えていた。

生まれてくる皺だらけの子供は夜の生き物である。子供は母親を見ずにしがみついている。その眼はいかに大きくとも、何も見えない。最初の愛の片言は聞こえない。

彼女の青い視線はあたふたと落ち着かない。彼女は両の手を大きく開く。髪の毛は陽に焼けてぱちぱちいう。彼女が眠ると夜になる。誰にも何も求めず、地面にたったひとりで座り込んでいた。彼女はどんなほかの庭で遊ぶのだろうか、空しい物語の外で、あの眼で微笑むために?

一羽の小鳥が青白い少女の手のひらのなかでぴくぴく動いている。二人はほぼ同じほどほっそりとしていて軽い。少女は小鳥の羽をしっかり温めてやりたいのだろう、不安げな両の眼を空に投げている……。夜になると、世界が割れる、そしてもはや地面には希望のためのどんな場所も残っていない……。夜は一つの像と低い声で議論する。

皮膚のない男

背が高く、まっすぐに立ち、一人ぼっちだが親密な一人の男をわたしは胸に描くことができる。彼は自分の終末を望むことを知り、嘆くこともむなしい言葉を言ったりもしない。彼の話し声は大きく、正確で、沈黙を束にして結ぶ。

散歩のときには、小さな子供に手を貸す注意深い新しいやり方を発明する。彼は身が軽そうに見えるが、しかし自分のからだの重さ全体で世界にのしかかる。少しも立ち止まらないし、身を投げたりもしない。彼がほかの存在や事物のあいだを流れていくとき、岸辺の草のなかにひざまずくかなり広い川のゆったりした調和を思い起こさせる。そんな川のように、彼は哀しまずに海であり、自分の河口である死に向かってゆく……。死の塩が喉元にのぼって来て静かに彼の声を剝ぎ落とす。

多くを学んだにもかかわらず、この男はあまりものを知らない。時間が彼の記憶を真っ白にした。かつては言葉が彼の記憶にしみをつけていたが、現在はそこで透明さを保っている。

夜が来ると、彼は大きな本を開いて、その余白を彩るのを楽しむ。とりわけ雨の夕方には真黄色な太陽をそこに描き、冬には密生した大樹を、そして夏の夜には降る雪のひとひらかあるいはアカンサス[1]の葉むらを複雑に図案化して描くのを好む。彼はだからさかさまに見ると思われるかもしれない。ときには幾通かの手紙を熱心に書いて、世界のもう片方の果てに宛てて翌日発送する。この軽いインクの道は彼の憧れる究極の幻想なのだ。

狂気でも、神秘でも、ほんとうに詩人でもなくて、皮膚のない男なのだ……。不確かな物事に縛り付けられて、この男は自分ででっち上げたものなのだ。彼の努力はすべて根と空とのあいだの樹液の移動を更新することにある。胴も腕も増えないが、その血から木の葉がほとばしる。

なぜならその静かさが彼をなだめ、荒廃させる。彼が愛するとき、脈が非常に早く打ち、胃腸が結ばれる。すると彼は炎のように昼と夜のあいだを分割する。彼は死に耳打ちする。

ときどき彼はじっと動かず、不可解になる。風が窓の洗濯物をゆらし、雲がたなびき、時間が碇を下ろした船のように彼を揺らす。彼は眠っているように見える。けれどもこんなときには、細い綱が切れそうに張られて、眼の後ろでゆれる。彼は自分の音楽を聴き、空白の上で軽業師のステップを踏む。

わたしは月に座って彼のことを想像する。そこには彼の好きな石化した海がまた見つかる。さらに灰色の断崖や沈黙、沙漠のクレーターの底から遠い地球を見るときの、このまつげやまぶたの震えも。彼は星に向かって紙飛行機を飛ばす。

この男ははずれ、つまり海辺や夕暮れや川が横切る町のなかの堆積層や小道や泉、都市周辺地域、洞窟に運命づけられている。彼は予備のもの、つまり私たちの肩の上で見開いている黒い一つの眼のようなものである。

もし彼が世界を創造しなければならなかったとしたら、疑いなく彼は雲の大きな無秩序から始めたことだろう。彼はそれから人間の頭を造型し、山脈の頂上を削り、塔を建て、鳥たちを止まらせただろう……。忍耐強くて真っ直ぐに立っているすべてのもの、葦やプラタナスの並木道、道の両側の家並み……。自分の作品を完成してしまわないように気をつけるかもしれない、視線や夜更かし、始まりのための余地をたくさん残しながら。

曙のなかに捕えられたその世界は岸辺と折り合った地面である。

窓から湖が見える、ボートや柳の木も。声が聞こえる。時はゆるやかに打ち、お天気がよいだろう……。

彼は岩の上で踊ったが、あとでだれかがそこで踊るための足跡も記憶もいっさい残さなかった。彼には記憶というものがない。彼のからだは不幸にとても優しいので、不幸など忘れてしまうほどなのだ。

これは僅かなインクを用いて震える手で書かれた男、数ページの純粋な魔術である。彼はかつて生きることが夢みられた、そのままに歌う。

何も言わないために彼は存在する。かつてならば、彼は私たちの間で語ったかもしれない、竪琴《リラ》を手に、愛によって木々を根こぎにし、泣きながら野を走ったかもしれない。あるいはたぶん、十年を孤独に過ごしたあと、彼の火を谷間に拡げるために山からふたたび下りて来たかもしれない……。

この沈黙と忘却の男は、ずっと以前からもう死にはじめている。

イギリス風の朝

前おき

私たちをさまようことからまもり、放浪者の孤独をやわらげてくれる読書というものは、丹念で忍耐強くなければならない。眼を大きく見開いて答える準備をしつつこの言葉の道を歩まなければならない。私たちの存在すべてはたえず強い不安のもとにあるのだから。

呪いをかけてくる暗闇のなかでリリシズムは私たちの標識灯である。なぜなら私たちは熱心さと同じくらいの厳密さを持って読み、一つの語、一つの句を公然と支持し、ときには敢えて取るに足りないもののなかに宇宙の鍵を見なければならないからである。しかしまた、手回しの良すぎる一貫性を警戒もしなければならない。テキストは見世物ではなく、むしろ楽しくて神聖な昔の祭りの遺産なのだから。もしよく読むことを知っているとしたならば、私たちはさらに書く必要があるだろうか？

これから読んでいくテキスト(1)はジャン＝ジャック・ルソーの『新エロイーズ』からの

抜粋で、この部分はこの小説のなかで最も重要な位置を占めている。私たちはその前提を捕まえたにすぎない。つまり私たちの眼の下にリリシズムが準備され、定着されるときなのだ。存在とかいわく言いがたいものとか、少なくとも本質的なものをめざしておどおどとふるえている言葉を……。

＊＊＊

《この数日お客がありました。客人は昨日出立し、私たちはまた三人で、互いになにひとつ心の底に隠しておこうと思わない、それゆえにこそ一段と魅力あるまじわりを始めています。》

ルソーにとって言語は、社会に根ざしたすべての悪徳を受け継いでいるかのように思われる。言葉は人々の間で最もしばしば誤解の要因である。現代の言語は《美しい魂》たちのコミュニケーションには不向きであることは明らかである。無言の接触を裏切らない自然な話し方に戻らなければならないのではないだろうか。こんな透明な話し方がクラランの《その道に通じた人たち》のあいだに保たれており、彼らは客人たちが出立した（客人たちはサロンの会話のたくさんの気兼ねや手管を彼らと一緒にもたらした）あとふたたび集まって、再会し、充実して再生するのだ。そのときから、《イギリス風の朝》[1]が楽しい世界への一種の開会式《オープニングセレモニー》となるのだ。

ここから、最初の数行から暗暗裏に置かれていた「幸せとは何か？」「どんな秘密の振動がこの安らかな広がり、この《何の変哲もない寂しい》生活を生き生きさせるのか？」という質問が生じてくる。《魅力的な》という形容詞は、存在の魔術的な現われ《エマナシオン》が問題なのだということを指摘しているように思われる。ルソー自身が《ロマンス》すなわち《その歌い方とは別にそれ自身によってその効果をつくり出す優しく、自然で、田舎風のメロディー》を与えているということも思いだされる。

この幸福な時間の最中に、サン＝プルーは《新しい存在》を発見する。クラランの魅力的な社会が彼の心に従って行われ、彼を慰めるために彼を受け容れる。彼が幸福の小さな身振りを描くとき、主人公は自分自身を描写している。周囲の人たちとの極めて質のよい関係を明らかにしながら、彼は自分自身が《量的に》変化したと断言する。

厳密に言えば、この共犯性は抒情的な領域である。ここで問題なのは、彼はこれほど自己に溶け込んだために、彼を取り巻くすべてのものの方へ枝分かれする存在、すべてが発展すると叫んでいる存在、「中心がどこにでもあり、周辺がどこにもない」（パスカルが言っているような）存在だということである。この《われ》はあえて神に語りかけ、そしてサン＝プルーはエドワード卿に対して、ルソーが『告白』[1]の最初のページで次のように《至上の判断》に自分を差し出すであろうように、言うのだ。

《あなたの信頼を受けるにふさわしいこれまでと違った自分を取り戻すことに、私はどれほど喜びを感じているでしょうか！　ジュリさんやご夫君が敬意を示されるたびに、私は魂に誇りをおぼえて「ようやくこの私を卿にお見せするのだ」と心中つぶやきます。あなたのご尽力で、あなたの眼前で、私は過去の過ちを転じて現在の栄誉にしたいと願っているのです。》

エドワード卿が最高の証人になった。意識の視線が、ド・ヴォルマール氏であるところのこの理性の視線に呼応する。だからサン＝プルーが感嘆叙法を宛てているのは道徳の絶対性の受胎に対してなのである。彼の感激は現世の美徳を竪琴の弦のように張り、震わせて無限に向かって広げていく。幸福の状態はこの精神の緊張から生まれ、抒情性がその調弦となる。サン＝プルーの決心は彼の過去の過ち[2]の寸法《オーヌ》と対決する。過去の錯乱は一種の土台となる。つまり現在の透明性がその上に、それに対して立ち上がっていく目立たない場所なのである。過ちは幸福への保証の役目を果たし、それを確固たるものとし、それに意味を与える。

《消えた愛が魂を涸渇に追いやるとすれば、克服された愛は、勝利の意識と相まって、魂に新しい飛翔と、すべて偉大にして美なるものに対するより強烈な魅力を与えます。》

リリシズムの方法さえここに挙げられている。つまり主観的な愛情からユニバーサルな愛への移行が問題にされている。私的な自我から理想のほうへ上昇するこの動きは他我の犠牲を巻き込み、それのみが感情の意識への変身を許す。抒情的な運動はもともとの情熱を裏切らず、それを屈服させる。感情は思考に従わせられ、自らを放棄させられるが、しかし普遍性の性質を帯びる。リリシズムは本質的に後退と発展のこの二重の運動の上に立っている。それはある経験からそれを生きた人の本質を引いたこの詩の構成曲線である。リリシズムは同じ言葉で言えば、私たちが存在に到達する物語である。

《これほど手痛い傷を負わせた犠牲の成果を、だれが失ってよいと思うでしょうか。断じて、卿。私はあなたを範にして、自分の心が打ち勝った熱烈な感情のすべてを有益に使っていると感じています。私がなろうと欲する者になるには、過去においてあのような私でなければならなかったのだと感じています。》

この歩みを物語るために、文体はさらにドラマティックになる。サン＝プルーは《頭語《アナ》反復《フォール》(1)》モードで自分の過去を生きなおしているのだ。ジュリはいつも彼の目の前にいる。だから彼の記憶は繰り返される。しかしこの感情の重さそのものはその記憶の変身を保証する。情熱自身は克服しなければならないものを指し示す。かくて一つのかたちに集約された最初の情熱がそれを通してその質を言葉とその世界に拡げるときに、《抒情詩》となるための《リリシズム》でなければならなかった……。

《どうでもよい人たちとのつまらない会話で六日を空費した後で、私たちは今日集まって、黙ったまま、一緒にいる喜びと瞑想の快さを同時にかみしめながら、イギリス風の朝を過ごしました。》

この言い回しの構造は、否定と肯定、《社交界》と《自然界》の対立を完全に明確にする。三つの容赦ない形容詞が《社会的な》時間、つまり《空費した　日々》、《つまらない　会話》、《どうでもよい　人たち》を告発する。この悪口の三拍子に、集まりの二つのバイナリーグループ、つまり《黙ったまま》と《一緒にいる喜びと瞑想の快さ》が対立しあう。さらにこれらの組み合わせは進展を示す。それは増大していく本質である。この本質は創造的であると同時に分かち合われる幸福な状態を仕上げる。それは理想的な共同体を確立し、ついでその特権の認識を叫ぶ。

《こんな状態の無上の喜びを知っている人のどれほど少ないことでしょう！　フランスではこういうことを思ってみる人にも会ったことがありません。》

だから失われた時間の六日に再び見出された時間の朝が対立する。完全に生きた時間のなかで瞑想するのは存在そのものである。瞑想すなわち再び摘み集める《ルクイユマン》ことは、再び始まり、取り戻し、自己に戻り、再生し、集合させることを意味する。ほんとうに自己であり、各々が統一され、癒され、だからすべてが自由に振舞える。この二重の運動は、人が集まり、同時に分けあう。瞑想にふけるとは、瞑想されるものと共にあることである。沈黙は言語の仲間意識よりずっと確実な友愛に通じる。沈黙は私たちを本質的に識別するこの独特な言葉の根源に到達する。つまりリリシズムである。瞑想の沈黙は言語と絶交することはなく、その正しい価値で話すようにいざなう。文字通りにいって、リリシズムは言葉を吟味する。(この手紙はこの小説のなかで最も長いものの一つであり、したがって会話はその本質を満たすことを忘れないようにしよう。)それゆえ、さらにもういちど、イギリス風の朝は序曲《オーバーチュア》として現れてくる。その沈黙と強度が試される言葉のオーバーチュアである。瞑想は言語の震える閾値であり、このインスピレーションとくつろぎの時間の上にリリシズムが展開される。

《「友人どうしの話はつきることがない」と彼らは言います。たしかに、言葉は気楽な無駄口を安っぽい愛情に提供してくれますが、卿、友情は、友情というものは! 激しい、この世のものならぬ感情よ、いかなる話が汝にふさわしいのか? いかなる言語が汝の代弁者たりうるか? 友に語る言葉は、友のかたわらで感じるものに匹敵しうるであろうか?》

「むだ口」は幻想、言葉の泡にすぎない。感情が動転しかつ率直であるとき、言葉は反対にぐらつき、よろめき、自分自身の弱点を詰問しながら世界にぶつかる。そこでリリシズムは素朴な状態で現れてくる。叫びである。ここではサン＝プルーの声は言語の雑音をかき消す。声は熱狂を長く続かせ、不可能性を大声で叫ぶ。声は友情という言葉の秘密を問いかけるかのように、《友情》、《友情》と繰り返しながらいわく言いがたいものに名前をつけるようになることでしかない。こんな風に呼び出されて、語は具体的な存在を獲得する。言語が対決しなければならなくなる障害を設定することによって言語に試練を課す。このようにして語をその散文性から追い出すことによって、リリシズムは言葉に質問を課す。何が人生と同じほど重要だと言えるのだろうかと。私たちは絶対をどこまで追及できるのだろうか？　熱狂は唯一、熱狂や生気や、感情の非現実性によっておのずから導き出され得るものとして詩の必要性を断言する。この《生き生きとしてこの世ならぬ》状態を表現するために《軽々として、羽が生えた、神聖な》言葉が必要である。サン＝プルーの叫び《しかし、友情は、卿、友情というものは！》はエドワード卿の風変わりな友情を完全に理想的な状態に閉じ込める。この叫びは、人間がしばしば他の人間もしくは事物に抱くことができる極度の注意でしかありえない緊張の結果現れる。感嘆させられた緊張はリリシズムの選ばれた根拠である。

《ああ！　握りしめた手、生き生きしたまなざし、胸にだきしめた抱擁、それに続く溜息、これらはいかに多くを語ることか、その後で発する言葉のいかに冷たいことか！　おお、ブザンソンの夜！　沈黙に捧げられ、友情が受け取った瞬間よ！　おお、ボムストンさん、偉大な魂よ、崇高な友情よ！　そうです、あなたに一言もあのことを語ってはいませんが、あなたが私にしてくださったこと、私はゆめ軽んじたことはないのです。》

私たちはリリシズムと共に神聖な空間に入る。そこでは語は私たちにそむき、からだが別の声を創り上げるように思われる。身振りが重要になり、舞踊の熱狂に近くなる。握りしめた手は空間のなかに神聖な場所を築く。言語から逃亡して、詩人は突然言葉に出会う。彼は詩の純粋な形として自分の訴えを書き、その訴えに眼がくらみ、はだかにされる。《ああ！》とサン＝プルーは自分の幻のような記憶から彼を引き離している距離を自覚しながら叫ぶ。叫びは絶対的な孤独に戻らせる。しかしアポストロフィは、飽和し破裂したこの感情が彼の対象物の上に束になって再び落ち、それにしたがい、それに混ざるときに呼格になる。呼格はそれ自身の弱さとつりあう大きさを頼ってくるものに提供する。嘆くと同時に賞賛して、呼格は言語をいわく言いがたいもののために捧げる。だからここでは先の段落のこだまとなっている《沈黙に捧げられ、友情が受け取った瞬間よ！》というサン＝プルーの表現を文字通りに取らなければならない。なぜならこの哀歌調の言葉は、過去のものになり、そして友情だけが受け取り、生気を蘇らせることができるこの沈黙に向けられるからである。エドワード卿だけが理解するに値する、なぜならばすべての感情を正当化するこの至高のまなざしになったからである。

《たしかにこういう瞑想の状態は、感性豊かな人には大きな魅力の一つです。が、私がいつも思ってきたように、わずらわしい人がいたらそれは味わえない、友人どうしが安んじて何も言わずにいることができるためには第三者がいてはならないのです。いわばお互いのなかで思いに浸りたいのです。だから少しでも気持をそらすことがあれば困るし、少しでも拘束感があれば耐えがたいのです。ときとして心が口になにか言葉をはこんできて、それを心置きなく口に出せるのは実に楽しいこと。自由に言えない事柄は、自由に考えることもできないらしいのです。よその人がひとりでもいると感情が制止され、その人がいなければ気持のよく通じ合う人たちも心を抑えられるようなのです。》

声が静まり、いっぽうでは瞑想が感情のあとをつぐ。ここでサン＝プルーは瞑想状態に必要な前提条件を明らかにする。最初の前提条件は、わずらわしい第三者のいない友情の状態であること。まず第一に《美しい魂たち》のコミュニケーションが可能になる確保された特権的な空間が限定されることが重要である。理想郷を入念に創り上げるにはまず平凡さと奇妙さの拒絶から始める。その構成メンバーを選択的に選び、理想郷は粗野な人人、《自分の心に従って》いないすべての人人を避ける。この幸福は半ば閉じた眼を持ち、明暗法がその特権であり、内面性と同じ外界世界を形成する。魂のこの薄明りのなかで、サン＝プルーは距離も保留もなしにあえて言うだろう。意識がお互いに浸透しあうとき、瞑想が夢想になる。意識を幸福のなかに静かに導き入れた自然な道徳によって保護されて、友人たちは遠慮なしに信頼し合う。彼らはみんなを代表して、そしてほとんど彼ら自身より以上に語る。だから発展が後退に続いて起こる。リリシズムは感動の技術として超越し、かつ形式の内部自体において、創造行為のこの心理学を反復するこの無限の弁証法である。

そこでつねに問題になるのは、形式を用いて存在を発展させることである。ついに達成されて、瞑想は幸福の正確な性質を決定することを許す。

《こうして、エピクロスの神々の冷ややかな平安よりも千倍も甘美な、このいつまでもつづく恍惚のなかで私たちだけの二時間が過ぎました。》

エピクロスの神々とは精神の平静《アタラクシア》の神々である。ギリシャの哲人は『箴言集《マキシム》』(1)の冒頭に次のように書いている。《幸せで不死の人間はいかなる苦痛であろうと自分自身に持たないし、引き起こしもしない。彼は怒らないし、何も有難いとも思わない。この種の感情は弱さのしるしだからである。》快楽主義者は好みや、欲望や、不安から離れて生きるが、サン=プルーの幸福は相反する願望のあいだでこわれやすく逃げ去りやすいバランスを実現する。ルソーが私たちに言うには、《いつまでもつづく恍惚》が問題なのだ。この警句が休息の下に運動を保存し、和らげられた開始のなかに対立を保存する。語源学的には、《恍惚》とは実際は《精神の錯乱》(エグジスタスタイ(2)、つまり《自らを自己の外に置く》)である。恍惚はまた《神に捧げられた物事を瞑想するなかでの精神の至高の高揚》でもある。それゆえ恍惚は全く自己であり、全く自己の外にあるという状態である。他であるよりも深く自己でしかない、自己の上に立ち上がることによってしか自己にならないことなのだ。幸福について言えば、それは時間の親密さのなかに宿ったこの揺れ動く不動性であり、その親密さのなかで幸福は彼自身の心臓が鼓動するまで借りてくる。子供時代と同じに単調で保護された、彼が受け入れるすべてで一杯のこの再び見出された時間は、妖精の国の時間である。それは呼吸し、彼に霊感を与え、《快楽の》果実として融合する。栄養と生命を潤す抒情的精気はそこで努力なしでようやく瞑想に耽らせる。こうして言語の到来と、事物と存在のあいだの交感とに注意深く瞑想にしずみ、リリシズムは存在するものすべてに注意深い私たちの忍耐なのである。

《朝食の後、いつものように子供たちがお母さまの部屋に入ってきました。》

お話、いやそれ以上に儀式が始まる。何も異常なものはなく、何も雄弁すぎるものはない。事実と、しかしすでに空間、時間、言葉を限定している習慣の事実と簡単な身振りである。普段の場所が価値を持つ。言語はここではこの予備的な旅程、この道程に従うことに満足する。それは徐々に幸福をしかるべき場所に置く。

《ところがあの人は普段のように子供たちを連れて婦人部屋《ジネセ》にこもらないで、互いに会わずにいて失った時間の埋め合わせとでもいうふうに子供たちをそのままそばにおいて置かれたので、私たちはお昼ごはんまでずっと離れずにいました。》

幸福は逆のやり方で必要になる。しばらく一緒にそのままでいることによって時間を再び我がものとしなければならない。子供たちは閉じこもらずに、各人が小さなグループで自由になる。集まりを可能にするこの開きは、一種の合唱団を形成し、そこでは各人が彼自身の一部に集団的な登場人物の形成を委ね、そこでは各人が自己を捨てる……。

《針を持つことをおぼえはじめたアンリエットは、編み台を小さな椅子の背にもたせかけてレース編みをしているファンションの前に坐ってお仕事をしていました。》

各人は名前で呼ばれており、その名前は状態もしくは特性を暗示している。事物はまた細かく呼び上げられており、生きているものと全く同じ幸福の分け前にあずかる。生物と無生物が動作の敏感な地点で出会う。《針を持つ》という表現には、その表現が精密さ、細やかさ、そして技巧の脆さを警告するものであれ、幸福のデリケートなイメージを提供するものであれ、容易に注を施すことができる。各人は手がふさがっており、その精神の自由さとその存在とはその無為と対決することはない。ただ単にそこにいること、世界に存在することが問題なのであり、最小限の苦しみが重要視されるこのくつろいだ空間は、世界が狭められているのではなくて、もっと貴重で、もっと鮮明であることと別のものではない。

《男の子二人はテーブルの上で絵本をめくっていて、兄さんが弟に説明をしていました。》

瞑想に読書はつきものである。各人は自分の仕事のなかで共同の瞑想を読む。兄は弟に絵本の絵がどんな意味なのかを教えている。兄が弟にひそかに説明すればするほど、幸福の領域自体はいつも絵のかたちをとって現れる。イギリス風の朝はここで子供の指の下で完全に入れ子になる。このようにして私たちはルソーがこの場面を版画によって説明しようと感じた必要性を理解する。そしてこの版画自体もまた幸福を見させるのだ。

《兄が間違うと、アンリエットは注意深い子で、それに内容を憶えていますから、世話をやいて直してやるのです。》

アンリエットは自分の仕事にどれほど忙しくても、弟たちの面倒をみている。彼女の至高の気配りは詩的な自由さと同じくらい精神的な《配慮》である。アンリエットはほんとうの《小さなジュリ》としてすでにお手本の姿かたちで現れている。彼女は自分の母親のように《敏感な美徳》を体現する。

《どの版画を見ているのかわからない振りをして、それを口実にしょっちゅう立ち上がって、椅子からテーブルへテーブルから椅子へ往き来します。この往復は彼女にはいやなことではなく、それにいつもお婿ちゃまからちょっと媚びたしぐさが返ってくるのです。ときにはおまけにキスということもあって、彼の子供っぽい口はまだうまくできないのですが、もっと上手にできるアンリエットもそんなことはとやかく言いません。こんなかわいいレッスンを、そう念入りではありませんがいささかも不自然にならずに、教えてあげたり教わったりしている間に、下の坊やのほうは本の下に隠しておいた棒抜き遊びのつげの棒をこっそり数えています。》

子供たちの世界はその純粋さを保障するように思われる大人たちの世界の正確な複製である。アンリエットのやり口は小寸劇の機会を提供する。人生がそこでその微小の喜劇を演じるのだ。幸福を描こうと選んだ者は、ミニアチュアのかたちで、感情で満たしたと同じくほとんど知覚できない身振りを捕えなければならない。この秘密の打ち明け話の優しいリリシズムは、耳により以上に視線に明るさの存在をささやく。リリシズムは私たちを無邪気にするために、無邪気を描写する。リリシズムは裸体性の知となる。

《ヴォルマール夫人は窓のそばで子供たちの方を向いて刺繍をなさっていました。夫君と私はまだお茶のテーブルのまわりにいて新聞を読んでいましたが、彼女は新聞にはあまり関心がありません。ところが、フランス王が病気で、ローマ人がゲルマニクスを愛したほかには例がないような特別な愛着を国民が寄せているという記事を耳にとめ、柔和で愛想よく、あらゆる国民から憎まれながらいずれをも憎まないこの国民の善良な天性についてちょっと感想を言って、さらに王様の地位はうらやましくありませんけどそんな位にありながら愛されるという喜びはうらやましいわ、と言葉を添えるのでした。「なにもうらやむことはありません。私たちはみんなずっと前からあなたの臣下なのですから」と、夫君が言われました。そんな言い方は私にさせておいてくだされればよかったでしょうに。』

子供たちの行動と大人たちのそれとのあいだの類似性がとてもはっきりしているので、これら二つは他方を真似しているのではないかと自問し得るほどである。じっさいにここではすべてが存在の同一視の上に立っている。大人たちはジュリのおかげで彼らの子供時代の無邪気な性質を再び見出したし、子供たちはアンリエットのおかげで理性と同じほど賢い。ヴォルマール夫人はすべて娘のように言われることをそのように見せずに聞く。そして彼女の言葉は自然さをはっきり言うだけにすぎない。各人お互いの同じ状態のなかでの同化は全員一致の世界を開き、そこでは各人が自分のそばに存在と幸福に対する自己自身の権利を汲み取る。彼は読者自身をこの状態に持って行き、グループの周りに読者を坐らせる周到な描写の透明さに戻る。語の明らかな不動性のなかで、集まった人人の明らかな休息が身振りと言葉を完全な沈黙に持って行くのと同様に、イマージュが目覚め、互いに相次いで交感する。

《この言葉を聞くと、刺繍があの人の手から落ちました。振り向いて、立派な夫の方をちらと見て、それがあまりに胸を打つ優しいまなざしでしたから、私までが身ぶるいするのでした。彼女は何も言いませんでした。このまなざしに負けないどんな言葉が言えたでしょうか。私たちの眼も会いました。》

ヴォルマール氏の言葉に、ジュリの感動が反応し、たちまちサン＝プルーをとらえる。身振りが言葉では言い表せなさに応じる。《手から落ちた》、《振り向いた》、《ちらと見た》、《身ぶるいした》、《眼が会った》……だから一つの好意に満ちた言葉に一連の自然な反応がこたえる。言語は一度以上幸福を蓄えておく。じじつ、強い感動は、《心を打つ》ことができ、からだが動揺した《感動的な》返事を与えさえする一つの言葉から生じる。

言葉はそれが引き起こす反応によってその根源を再び見つける。言葉は、感動の身体的心理的世界との最初の結合を主張するとき、その肉的な源に戻る。ここで言語は沈黙することによってその絶頂に至る。興奮から真っ直ぐにやって来る口に出されたリリシズムが問題なのではなく、沈黙の、けれども雄弁な状態が問題なのだ。まさしく生きられた、秘密の、戻された、語のなか以外で受け取り、感じ、そして応えるリリシズムである。

《あの人の夫が私の手を握り締めたその握りようで、私は同じ感動が私たち三人の心をとらえ、この溢れ出る魂の甘美な影響力がそのまわりにはたらき、不感不動そのものの人にも打ち勝ったと感じました。》

感じやすい点と、集まり変身する場所とで、ジュリは小さなグループの中心《アーム》である。彼女の心を打つ言葉は彼女のなかで拡大し、受粉した種のように世界に生きるようになる。ここで《溢れ出る》は重要な用語である。人の愛情を定義して、この用語は語《自然な》と共に切り離せない結合をかたちづくる。実際は撒き散らされ、蒸発し、一身を捧げ、同時に身を引くのは《自然》だから、それは触れ、永遠に現れる。こわれやすく消え去りやすさの連続である。生命力のゲームは感動のゲームに似ている。リリシズムは自然を語の激発のなかにおく。リリシズムはこの点で私たちの最初の言語であり、私たちはリリシズムのおかげで世界の永遠の完成にたずさわる。幸福についてルソーは自然を次のように説明する。引き続く到来、通過、沈黙と言葉の交代、強い時間と弱い時間、短い呼吸、心臓の音と源の音。幸福は自然に出会う。それがもたらす沈黙は、明るく、そしてそれぞれのものをしかるべき位置に置く空間を時間のなかで開きに来させることにある。

《私がお話しした沈黙はこんな状態で始まったのでした。それが冷ややかでも倦怠でもないこと、あなたにはよくおわかりでしょう。子供たちの遊び以外に沈黙を破るものはありませんでした。それも、私たちが話をやめるとすぐに、子供たちもこれをまねて、全体の瞑想的な気分を乱すのを恐れるかのように、おしゃべりを控えるのでした。まっ先に声をひそめ、ほかの二人に合図をし、小走りもつま先立ちになるのは、小さな監督さんです。それでいてちょっと遠慮をするために遊戯に新たな興味が加わって、なおさら面白くなります。この光景は、まるで私たちの感動を長びかせるために眼前に置かれたかのようで、おのずからなる効果をもたらすのでした。》

年代学がここでは幸福の認識にとって肝要である。《状態《ディスポジション》》という語は、事実と身振りとが順序だてて配置されていることと、能力と意図とが小さなグループのなかで目覚めることとを同時に示している。各人がここでは溌剌としており、沈黙を自由に操り、各人が自由に振舞う用意ができている。沈黙はジュリの開放的性格をその絶頂に到らせ、彼女の周りで他の人たちは彼女の温かさと彼女の明るさのなかに身を浸している。沈黙は、子供たちと彼らの《ちょっとしたやり口》が演じる自然の動き回る音に耳を傾けている。子供たちが《つま先立って》跳びはねはじめると、彼らの動きは針仕事の綿密さを再び暗示することになる。すべてが空間のなかにつり下がると同時に、各人のなかで魔法によってそのダンスを刺繍するのに参加する。すべてが模様であり、レースであり、くつろぎの輪郭をさらにくっきり描くためのように冬に家の窓に霜が描くアカンサスの葉模様に似ている。すべてが感動に参加する。沈黙はじっさい《ちょっとした遠慮》のようにはたらき、敏感になっている人々に優しい圧力を及ぼす。感動は瞑想を最高に純粋なリリシズムの感嘆符にみちびく。

《舌は黙せど心は語る。(1)》

このイタリア語の引用句はその描写が出現を請求しさえする音楽になる。歌は沈黙をその絶頂《パクロシスム》まで持っていく。

《口は開かずともどれほど多くのことが語られたでしょうか！　言葉の冷ややかな仲介なしにどれほど熱烈な感情が伝えられたことでしょう！　知らず知らず、ジュリさんは他のすべての感情を支配する感情にのみこまれてゆきました。眼は三人の子供たちの上にすっかり釘づけになり、こんな快い陶酔にうっとりした心は、およそ母性愛がもちえたもっとも深い感動で美しい顔をかがやかせていました。》

感嘆符は描写を閉じに来る。こうしてそれは心の奥深い沈黙を喝采して迎え、この言葉はその場所にとどまり、もはや《手段》ではない不適切なものとなる。じっさい説明は仲介し、純粋さの障害になる。説明は指示を可能にするが、相互浸透《オスモーズ》はしない。それらは分かれる。それらは瞬間的に全体として潜ませるのを妨げる。言語は愛を知らない。リリシズムの質問はここでかつてないほど切迫する。私たちの声はどんな沈黙の上に根拠を置くのか、そしてどんな子供時代のほうへ私たちの言葉は去っていくのか？

《沈黙》を言う人は、すぐに時間と空間のある種の質のことを考える。白さ、純粋、そして先行性などである。沈黙は私たちに期待と起源、降ってきて私たちにくつろぎを用意してくれる雪のような何か、持続し反響する時間を考えさせる。そこで物事は次の出発にむかって集まってくるだろう。リリシズムが破ろうとするのはこのような沈黙である。それを追い払う、あるいはそれを避けるためではなくて、計り知れない静寂と一体感をおぼえるために。沈黙においてリリシズムは息をし始める。そして詩がその息吹きを見つけだしたとき、沈黙は語の間にまだ生きながらえる。指先で感嘆符が指し示すのは沈黙である。感嘆符は沈黙を壊し、無音の拡大を絶つ。突然生命がおののく。沈黙の底で、言葉が世界にやって来る。リリシズムの状態とは、われわれの運命が突然明らかになったときにわれわれをとらえるこの興奮のことである。霊感《イリュミナシオン》(1)とは、それが私たちの存在だけしか照らさないのではなくて、それと共に世界全体を照らすようなものである。リリシズムは陶酔を手に入れ、そこから竪琴の伝説(2)が始まる。

付録

リリシズムについてのもう少しの復習

行動　《過激かつ凝縮した行動はリリシズムと同類である。それは詩人の頭脳の中にも読者の頭脳の中にも超自然的なイマージュと、イマージュの血液と、そしてイマージュの血の噴出をよびさます。(1)》

注1　アントナン・アルトー『傑作と縁を切る』

思春期　青年の頃のリリシズムでは現実と非現実が混じり合っている。幸福に不平を言い、鏡を曇らせ、夢なくして夢み、かつ嘆きなくして嘆く。無知であることを知らない者の軽薄な喜劇。リリシズムは不確かさの広がったものである。

憧憬　想像上の過剰の愛。リリシズムは美について長々と議論を続けるが、あえてその手を近づけようとはしない。

愛　沈黙と欲望の回復と。愛は彼女の前で別のことを考え、そして気後れのあまり、彼女に竪琴のすべてを語って聞かせる。

曙　感動的な縁辺《ふちべ》。

羊飼い　群は死に絶え、火は消えている。老いた番犬だけが忠実なままでいる。言葉は懇願し、身をすくめ、月にむかって吠える。美の灰の寒がりの番人であり、リリシズムはつまらない作り話だ。

二孔類　むき出しの無頭類で、二つの開き口のある外套を着ている。頭がなく、いかなるリーダーも認めない。彼らの言葉も頭を欠いている。彼らは牡蛎のように、靱帯でつながれた二つの異なった殻の貝に住んでいる。彼らは何かしら他人の愚かさのなかで生きている。適合性が彼らに要求するような飾りも着物も持たず、自然の恩恵に恵まれない大きな一族に属している。つまり、熟したアーモンドや、総包も苞もなしで萎れた花や、うろこのある魚や、無毛の四足類や、翅の鱗粉を失った昆虫など。彼らは地面の上に、そして覆いのない愛の言葉の思い、いつか誰かが来て住み着くだろう家具のない家に居る。彼らを包むただ一枚の肉の膜が、この哲学者の外套である。彼らはそこで瞑想しながら静かに運命を待ちうける。

幸福　良い幸運、良い兆し……。この語は言語のなかであまりにも多すぎる。過剰であり、冗語法である。自分自身で熱狂する。

心臓　熱狂する器官。脳卒中性言語式ポンプ。

黄昏《私たちはいつも素晴しい黄昏に私たちの人生を始める。のちほど、深い失意からの解放を私たちに助けてくれるすべてのことは、私たちの最初の一歩のまわりに集まってくる。(2)》

注2　ルネ・シャール『激情と神秘』

告白　数えられた時間を消し去るための砂糖もしくは泥の言葉。自分自身を見つめすぎて、もう周りのことに何も気付かない。過去を求めすぎて死にそうになる。

叫び《叫びを書き取り、音楽のように魂の絶叫を譜面に書き取ることができなければなるまい。(3)》

注3　レオン・ブロワ『日記』

書くこと 《書くこと《エクリチュール》は私に厳しい排除を課す、たんにそれが私を〃大衆の〃日常言語から引き離すからばかりではなく、もっと本質的にそれが私に〃自己表現する〃ことを禁ずるからである。書くことはだれを表現することができるのだろうか？ 主語の無定見さ、その過敏症《アトピー》をむき出しにしながら、想像力の罠を撒き散らしながら、エクリチュールはすべてのリリシズムを耐え難いものにする（心の動揺の主要な話し方のように）。エクリチュールは乾いた、禁欲的な、いささかも吐露的ではない享楽である。(4)》

注4 ロラン・バルト『彼自身によるロラン・バルト』

哀歌 リリシズムが不在である声。フルートの一節の上に空白がその極みに達する。《長い喪服をまとった悲しげな哀歌。(5)》

注5 ボワロー『詩法』

感情 《われわれの最高の感情は無言である。われわれはそれを装うようにさせられる。(6)》

注6 D・H・ロレンス『チャタレイ夫人弁護』

感嘆 《リリシズムは感嘆の発展したかたちである。(7)》

注7　ポール・ヴァレリー『テルケル』

存在　感覚に不意に襲われて、仰天させられ、無抵抗で世間に出て行かされ、いつでも失敗でき、愛に汲々としながら見返りには無関心でなければならない。リリシズムにはこんな自由さが必要である。

精液《野獣だけがうまく勃起し、そして射精は民衆のリリシズムである。(8)》
注8　ボードレール『赤裸の心』

断章　リリシズムの幻滅した形式。詩が散文で書かれるときの、詩節として残っているもの。

インスピレーション《すべてのインスピレーションは誇張の能力に先行する。リリシズムは——そして隠喩の世界全体が——言葉を膨らませて爆発させるこの血気がなければ哀れな興奮でしかないだろう。(9)》
注9　E・M・シオラン『崩壊概論』

われ《この「われ」は多くの場合、無礼さをまさしく非難されるが、しかし大いなる謙虚

さをもたらす。それは作家を誠実さのもっとも厳密な範囲内に閉じ込める。(10)》

注10　ボードレール『リヒャルト・ワグナー』

苔植物　《無配生殖植物で、ひじょうに湿気を渇望し、生命力が強いが、自由な戸外で過ごすと、乾燥によって生命が途切れる。(11)》

注11　『リトレ辞典』

リリシズム　ギリシャ語では　興奮

ラテン語では　情熱

ロマン主義では　霊感

シュルレアリスムでは　抗議

フランシス・ポンジュにおいては　表現

《馬と純血種の文体とは血のみなぎる血管を持っており、耳からひづめまで皮膚と語の下で血が争うのがわかる。いのち！　いのち！　すべてがここにある！　私がリリシズムをこれほど愛するのはこのためだ。それが詩のもっとも自然な形だと思う。詩は素はだかで自由にここにある。(12)》

注12　ギュスターヴ・フローベール『書簡集』

憂鬱《広大な空間がこの黒い形の中に入った。[13]》

注13　ヴィクトル・ユゴー『世紀の伝説』

音楽　音楽の特性は翻訳することでも翻訳されることでもない。音楽はその動きからも主題からももっとも自由な表現形式である。膨れた魂、風船の飛翔、裂けたり塞がったりする空。音楽は眼に見えないものを示すだけにすぎず、発音できないものを言うだけにすぎない。詩が立ち止まることから始めて、その夢想は聖なるものを創り出す。

夜《きみに欠けているのは夜ではなくて、夜の強靭さだ。[14]》

注14　ポール・エリュアール『苦悩の首都』

頌歌　すべての議論のうちでもっとも霊感を受けたもの。白い法衣をまとった血気にはやる悪魔の美しい筋骨たくましい連結。素晴しい勇気のときに、危険のない美しい無秩序がひき起こされていた。

オペラ　オペラのなかに演劇的なものがあるということは、音楽と詩の出会いがあるということではなくて、それらの対決があるということである。二つの芸術の協力は、それらの限界の相互的な表現を少しも持ち込みはしない。オペラとは素晴しい失敗である。抒情的なドラマすなわちオペラは、まず第一にリリシズムのドラマであり、人間の言葉のドラマはメロディーの超自然的な調和と格闘して、力を奪われ、引き裂かれている。歌う声は沈黙に属する。

紙 木とぼろきれとでできた白い薄手の下地。紙は自分を汚すインクを崇拝し、しばしば熱烈な語に触れて燃え上がる。

詩 渦巻く小麦粉のなかで青空と結婚するために鳩の足にリングを嵌めるこのずんぐりしたマニアックな鳥刺し男。

詩人 《偉大な詩人などというものは居ないし、疑いなく絶対居なかった（そしてそれが魂を救済する宗教が彼らをぜんぜん愛さなかった理由である）。それはそんなに暗い詩人、どれほど絶望していようとも、その詩人の奥底に、けっきょく驚異、他のどこでもなくこの世界で生きたというただひとつの驚異の感情が見つかることがなければのことなのだ。[15]》

注15　ジュリアン・グラック『偏愛の文学』

霊魂《プシュケ》　魂と蝶の名前。

現実　《なされることと知られることがもう何もわからなくなると、現実が始まる。(16)》

注16　アンリ・マチス

信仰　《自分の神の不確かな教会に属していること。このことはすべての繊細な精神の理想なのではあるまいか。(17)》

注17　E・M・シオラン『崩壊概論』

夢想　内的漂流物の吹き溜まり《テラン・ヴァーグ》。黄昏の瞑想、教会の清涼、微光浴。己の存在に閉じこもった夢想家にとって戸外は物音が静まり、そして地上ではかつてないほど不安定になる。星々の下でからだがしびれる。日暮れに潮が引くと、燈台の灯が消える。からだが柔らかくなり、手足がほっそりとし、からだつきがすっきりする。男のからだの周りに魂が流れるように平らに広がり、そして音もなく波が虹色に輝く。

リリシズムは大騒ぎではなく、沈黙の自覚的な質、ひたひたと音を立てる待機である。詩句の断片が織りあげられ、引き伸ばされる。言葉は生まれることができるチャンスをうかがって薄明りのなかで見張っており、そしてその面積はすでに広がっている。

血液　《循環があるとただちにリリシズムがある。血液よりもっと抒情的なものは何もない。[18]》

注18　ジョルジュ・ペロス『パピエ・コレ』第三巻

沈黙　《沈黙を見よ、そのくちびるにキスをせよ、そうすれば街の屋根屋根はやせ細った羽の憂鬱できれいな鳥になるだろう。[19]》マツユキソウの美しい沈黙はときにはありそうもないインクのカーテンよりも値打ちがある。

注19　ポール・エリュアール『苦悩の首都』

孤独　ひとりでいること、それは彼自身であること。

優しさ　《優しさというものは終わった。もうわたしは頭を死の肩の上にしか載せないだろう。[20]》

注20　ジョルジュ・ペロス『パピエ・コレ』第三巻

訳注

14頁　番号

1　ジャン＝ジャック・ルソー Jean-Jacques Rousseau（一七一二－一七七八）フランスの思想家。ジュネーヴに生まれる。主著『新エロイーズ』、『エミール』、『告白』。

2　この詩集の題名である『La matinée à l'anglaise』を日本語でどう訳すかはきわめて迷うところである。訳者が以前詩誌に連載していた時点では『イギリス風の午後』というタイトルを用いていた。作者がこの本の出だしでも説明しているとおり、午後の少人数での楽しい集いを指しているのだから、「お茶の時間」や「ティー・タイム」でそのイメージを表現できると考えたからである。「午後」という言葉には「親密な楽しい」会話の時間というイメージがあるからでもある。ところが詩集の後半でいよいよルソーの『新エロイーズ』のテクストを引用しての分析にかかると、場面は一日のもっと初めの頃、むかし西洋の婦人が部屋着で過ごしていた時間、つまり朝食のあと正午になるまでの二、三時間に過ごされる、親密な、気の置けない、一日のうちでもっともリラックスした時間のことを問題にしていることがわかって来た。午後であればもう少しパブリックな、外出着に身なりを整えたうえでの社交の色合いが強くなるだろう。内容的にはマチネ、つまり「午前」がいいのだが、白水社版『新エロイーズ』で用いられている訳語「朝」にならって『イギリス風の朝』におさめておくのがよいと判断した。à l'anglaise（イギリス風）の訳語も「イギリス式」や「英国風」なども可能だろう。また、マチネは言語学的に言って午前中の数時間を指す。（古くは夜になるまでの午後のティータイムを指していた。）「家庭内で家族がお茶に集まってくつろいだ会話をしながら過ごす穏やかな共有時間」を表現するためには「お茶の時間」のほうが内容的だとも思われるのだが、詩集全体を展望してみると、豊かなイメージがふんだんに詰まった前半部分を含めて《朝《マチネ》》と大づかみにくることがゆるやかで好ましいと思われてきた。

3　『新エロイーズ』La Nouvelle Héloïse（一七六一）ルソーが自らの自然思想を家庭生活の場で展開させた恋愛小説。十八世紀文学の合理主義思想とも卑俗な恋愛小説とも異なる清新さでロマン主義文学の先駆となった。

4　クララン Clarens『新エロイーズ』の舞台となっているスイスのアルプス山麓の実在の小村。

16

5 フェルメール Johannes Vermeer（一六三二-一六七五） オランダの画家。デルフトに生まれる。バロック期を代表し、光の動きと色の調和への鋭い感覚を示す。代表作「デルフト風景」、「手紙を読む女」。

1 リリシズム lyrisme モルポワは自己の詩論の基底をリリシズムに置く。このクラシカルで永遠のテーマにどのような方法論があるか、さまざまな試みがなされていく。

2 オルフェウスの伝説 訳注114-2参照。

19

1 テラン・ヴァーグ terrain vague バルセロナの建築家イグナシ・デ・ソラ＝モラレス・ルビオーは、何かしら一連の出来事が起こったのちに放棄された空虚な場所、都市の周辺部で朽ち果てていこうとしている空き地をこう呼んでそこに新たな都市再生のきっかけを探した。ブルトンやグラックら多くの文学者がそこから文学再生のヒントを得ようとしている。ここでは中島訳に従っておく。

2 ジュリアン・グラック Julien Gracq（一九一〇-二〇〇七） フランスの作家。代表作『アルゴールの城にて』、『シルトの岸辺』、評論『アンドレ・ブルトン』。エッセイ集『狭い水路』からのこの引用句は中島昭和訳。

24

1 『回心覚書《メモリアル》』 十七世紀フランスの哲学者パスカル Blaise Pascal（一六二三-一六六二）は三十一歳のときの霊的体験をし、そのときのメモを胴衣の裏に縫い付けて終生肌身離さなかった。それがパスカルの『回心覚書《メモリアル》』と呼ばれるものである。

2　射禱 l'oraison jaculatoire　パスカルのメモに書きつけられていたのは数語から成る短い祈り、射禱であった。

26

1　大押韻作家 les rhétoriqueurs　十五世紀フランスのブルゴーニュ大公宮廷付きの技巧派詩人たち。

29

1　グラック「人間の草」la plante humaine　グラックのエクリチュールには「切られた花」「人間の葦」といったフレーズが頻出する。

33

1　ライナー・マリア・リルケ Rainer Maria Rilke（一八七五–一九二六）オーストリアの詩人。代表作『ドゥイノの悲歌』、『マルテの手記』。

58

1　わびしい街はずれ Banlieue pauvre　にぎやかな市街部をはなれたうら寂しい周辺地域。

2　ジェラール・ノワレ Gérard Noiret　一九四八年サンジェルマンアンレー生まれのフランスの詩人。代表詩集『Ｔａｇｓ』（一九九四）、『日没の自画像』（二〇一〇）。引用の詩は『夜明けの二行詩』より。

59

1　キリコ Giorgio de Chirico（一八八八–一九七八）ギリシア生まれのイタリアの画家。形而上絵画の創始者。シュルレアリスムの先駆をなした。代表作「通りの神秘と憂愁」、「ある一日の謎」。光と影でくっきり二分された画面を特徴とする。

65

1　オルヌ川、ヴィール川　ともにフランス北西部ノルマンディ丘陵に源を発し、北流して大西洋に注ぐ。

2　真珠貝海岸　コート・ド・ナクル。オルヌ川とヴィール川にはさまれ、英仏海峡に面したノルマンディ地方の海岸。

3　イギリス海峡　ラ・マンシュ。英仏海峡。

66

1　七月十四日 Quatorze juillet　フランス革命勃発記念日。日本ではパリ祭と呼んでいる。

67

1　フォーマイカ　合成樹脂の積層板。

68

1　マニラゲーム　トランプ遊びの一種。

74

1　ドラジェ　アーモンドを糖衣で包んだボンボン。洗礼、出産祝いには青やピンク、結婚祝いには白のドラジェが配られる。

75

1　ベルランゴ　キャンディの一種。バルブアパパ、ポムダムールなども同様。

86

1　アカンサス acanthe　葉薊。地中海沿岸原産の植物でアザミに似た葉をもつ。ギリシア語でトゲの意味。コリント様式の円柱にはアカンサスの葉のモチーフが彫られている。

90

1　『新エロイーズ』の原文の引用には、白水社版『ルソー全集』第十巻『新エロイーズ』第五部（松本勤訳）を借用した。この小説は書簡形式で、あらすじは以下の通り。貴族の娘ジュリの家庭教師サン＝プルーは彼女と熱烈な恋に落ちるが、ジュリの父親に許されず、彼女のもとを去る。さまざまな放浪を重ねたのち、知己を得たイギリス貴族エドワード卿の仲介でアルプスの麓の小村クラランにある結婚したジュリの家庭に迎えられる。このあやまちとは若い時代のジュリとの恋愛をさしている。モルポワはこのルソーの小説の場面を本質的なリリシズムの萌芽の条件が整った家庭の場面として組み立てている。

92

1 「イギリス風の朝」　ここでなぜ「イギリス風」なのかが解る。この稀有な詩的な時間を得させてくれるきっかけはイギリス貴族のエドワード卿に負うわけだからである。親友である卿の信頼に応えようと、サン＝プルーは必死である。エドワード卿の仲介でジュリ夫妻の家庭でイギリス式の親密な家庭的な午前中の時間をすごすことから得たサン＝プルーの魂の喜びをリリシズムの到達点としてその詳細な内容を紹介しているのがこの章である。リリシズムの具体例を作者は若い詩人の情熱をかけて熱っぽく分析している。これは本詩集のもう一つのメインテーマである。

93

1 ルソー『告白』Les Confessions　誕生から十九歳でスイスを去るまでの自伝。赤裸々な自我表白により告白文学のさきがけとなった。

2 過去の過ち　ジュリとの激しい恋愛交渉をさしている。

95

1 頭語反復《アナフォール》 le mode anaphorique　修辞学用語で、同じ単語や同じ言い回しで一連の文を始めること。この語法の例はアンドレ・ブルトンの全六十行の詩「自由な結合」で、各行頭の「わが妻は」の反復にも見られる。

102

1 『箴言《しんげん》集』Maximes　ギリシアの哲人とはエピクロス（前三四一-前二七〇）のこと。古代ギリシアヘレニズム期の哲学者でエピクロス派の始祖。アテネに学園を開き、「自己充足の最大の果実は自由である」とし、平静な心アタラクシアを追求する倫理学を説いた。

2 エグジスタスタイ existasthai　存在する

112

1 Ammutiscon le lingue, e parlan l'alme.　十七世紀最大のイタリア詩人マリーノの『アドーネ』第三歌より。Giovanni Battista Marino（一五六九-一六二五）ナポリ生まれ。詩風は「マリニズム」とよばれ、技巧的で内容は薄い。

114

1 イリュミナシオン L'illumination　ランボーの最後の散文詩集『イリュミナシオン』がどうしても想い浮かぶ。すなわちリリシズムは自我を超える方法であって、外から来る親和力によって自我は後退し、かわって広々とした想像力の世界が出現する。ランボーの『イリュミナシオン』はこの自我を優に超えた展望を詩によって明かす証言の書であると考えられるだろう。

2 竪琴の伝説　オルフェウス伝説のこと。オリュンポス山北側のトラキアに生れ、アポロンから竪琴を伝授された吟遊詩人オルフェウスが竪琴を奏でると万物が聞き惚れたという。

不確かさのなかで正確に話す　J＝M・モルポワ論

ミッシェル・コロー

ジャン＝ミッシェル・モルポワの思考方法は、不確かさを原則としながらも正確さを気遣い、偶然性にたいして鋭い感受性を持つと同時に明快で厳密な形式を追求し、死や欠如にほとんど物悲しいまでに魂を奪われ、しかも生の驚異にたいしてつねに心を開いているという、逆説的な調和のとりかたをしている。この肥沃で本質的な二元性によって、彼は現代フランス文学の分野で独自な位置を占めている。一方では、モルポワは幻滅と明快な批評性という点で現代性《モデルニテ》とおおいに関わっており、他方では、世界をつくり直してふたたび魅了しなおそうとする「それでもなお詩を[訳注(1)]」の要請に忠実であることによってそれに逆らい、あるいはそれを凌駕する。

「詩はこんにち終わっている」と書く詩集『エモンド[訳注(2)]』がすでに、死亡証明書であると同時に完成への感謝としても読むことができるこの漠然とした確認につながっている。「詩は姿をくらまし、行き着く果てまでたどり着いている」、そして「かつて詩の地平線がこれほど近く、これほど空虚だったことはなかった」と言うのだから。詩が不可能だと、もしくは容認しがたいものだと宣言した現代人たち（バタイユ、アドルノ、ドゥニ・ロッシュら）のくだす審判を受け入れ、詩に再生の機会を与えるため、詩からその権威をはぎ取らなければならない。ただちにモルポワは「音楽的な幻想」や、イマージュや、玉虫色の言葉遣いの魅力にたいして不信を示す。彼は詩句に用心し、散文を、最も細かく切った断章のかたちで採用し、誇張をやめさせ、「歌に逆らう」。

だがしかし、彼のじっさいの作品はすでにこの本からして、たとえばモーリス・ブランショが定義し得たような意味での「断章」からかなり遠のいているように、わたくしには思われる。彼の作品には、いぜんとして詩句がしばしば現れて、彼がヴァレリーについて言ったように「詩と散文の間の長々としたためらい」によって生気が与えられている。このことからして、彼自身のエクリチュールがどのようにして組織的な解体をまぬがれているかが充分にわかる。モルポワにとっては、「言語にそれを破壊する暴力を受け[原注(1)]」させることが問題なのではなくて、彼は言葉をあまりにも愛しすぎていて、音節の区切りを尊重しないことができないのだ。音節を、壊すかわりに愛撫し、つねにもっと自由でしなやかにふるまわせようとする。彼は言葉にたいしても自分の読者にたいしても如才なさを示す。こうして彼は文章の読みやすさを守り、前衛の破壊戦略にまっこうから対立する。

ある種の現代性からのこのずれは、長いあいだ疑いをかけられてきた抒情性《リリスム》という観念を擁護し説明するというかたちとなって明白に現れてきた。この試みは必要であったし、有益であることは明らかだった。「作者は死んだ」とか、「詩人の表現は消失した」とか、ずいぶん言われたので、もう言葉に権利を返してやるべきだったのだ。モルポワは一九八〇年代に再び流行した主観主義や伝記主義の安易さに陥ることなく、きわめて賢明にそれを実行した。彼は現代の抒情性と言葉のありふれた表現とをはっきりと見分けるために貢献した。『もうわたしの心を探さないで』[訳注(3)]とは、抒情性がもはや感情的な心情の吐露のなかには存在しないということだ。言葉を通して、不安定な主語は自己表現するというよりむしろ根本的剝奪に身をさらす。

しかし、空白のページという鏡で自己自身の欠陥に自己陶酔的に見とれている多くの同時代人たちのように単純な、まったくの茫然自失をそこに見いだすのではなくて、モルポワは逆説的な実行——世界と他者と言語にたいして自らを開くことによって抒情的主体が自己超越するために行動する——の好機としてこれを直視する。抒情性は、オルフェウスの神話が示すように、主体の死を歌によって高揚に結びつける。そしてたとえこのような高揚がもたらす幻想に用心しなければならないとしても——こうした幻想にモルポワは最近固執しつづけているのだが[原注(2)]——、一部の現代性がこぞって得得として惑溺している気難しげな快楽に直面して、こうした幻想の可能性を呼び戻すのは無駄ではない。

竪琴の弦は振動するためには強く張らなければならない。モルポワの抒情性は緊張の上に、そして破局と驚異のあいだ、旋律と対旋律のあいだの均衡の上に立っており、これらは彼がとくに好む主題に両価性《アンビバレンツ》という刻印を押す。たとえば日曜日のうつろな午後、無為な、しかし瞑想的でもある時間、本源に回帰し、再出発するチャンスを与えてくれる小潮の時間といったふうに。『青の物語』[訳注(4)]は、空と海の光の強さと死体の青白さを同じ色彩のなかに溶けあわせる。そして曲線を描く文章そのものが声の高まりと低まりを組み合わせ、「自分自身にとって長柄の鎌である歌」(デュパン)を聞かせる。

一九九〇年以来、メルキュール・ド・フランス社から出版されている最近の本のなかでも、重症化していく不確実性の感情と、その正確な寸法を見つけるのにしだいになじんでくる言葉との間に絶えず緊張が高まりつづけている。そこでは存在とエクリチュールが多重に彷徨しつづけることをとおして、抒情的主体の剝奪がきわだってくる。もしそこに第三者——単数の「第四人称」[原注(3)]のことだが——の優勢が確認されるとすれば、「わたし」はしだいにしばしば「彼」もしくは不定代名詞の「ひと」に場所をゆずり、肩書きのない匿名の人に結びつく。この自己同一性《アイデンティティ》の欠如、すなわち不在を和らげるためであるかのように、仮面がくりかえし用いられ、これが『かそけきものの肖像』訳注(5)の複数形を根拠あるものとする。この本は虚構への道を開き、『空想の作家』訳注(6)に別の人生を生き、足跡をくらまし、そして借り物の面立ちから出発して自分を別人と思うことを可能にする。

散文はしだいにはっきりとその持ち前の多様性を、「自由話法《オラティオ・ソルータ》」の放埒な性格を発揮しはじめる。「むこうみずな散文」は、文章の調子とジャンルを混合するという点で（「それは小説でも物語でもないかもしれない、詩集でも何かの自伝の破片でもないかもしれないが、なにかそのすべてのようなものであるかもしれない」）、行きあたりばったりに進行するように見え、目をつぶってそれ自身の動きにまかせ、あらかじめの意図も先入見もなく、「書きたいと欲し、言葉を瞬時に味わい、そこにとどまり、そこで崩壊し、それとして進行し、生き、捉える以外の明確な動機は何もない」。エクリチュールは自己自身でおのれを養い、「書き出しの言葉《アンシピット》」は作者と読者の食欲に見合った餌を投げ返しに来るように見える。エクリチュールはきまった数の主題から出発して、ペンの動きのままにさまざまなヴァリエーションをつくりあげる。

しかしこれらのヴァリエーションは、ときどきエクリチュールによって開かれた分野を夢みがちに探検するとき、そのコースに念入りに標柱を立て、力強く集中したラインを描き、閉鎖性と複雑性が一つの本から他の本へと増大していくその構造の支えとなる。この構造は、それぞれ九つの散文詩を含む九つの章によって構成される『青の物語』においてとりわけみごとにきわだつ。この作品はもはや断章の美学に属さない。非連続性すなわち拡散性は、ここではきわめて強力な主題と形式の統一性によっておぎなわれており、それによってじっさいこの作品を「詩集」をはるかに超えたもの、本、さらに「物語」とさえ呼ぶべきものにしている。

　魅惑的だが試練も多い、放埒でばらばらな経験をさらに重ねるにつれてでもあるかのように、ジャン＝ミッシェル・モルポワは、漂流するエクリチュールを海標を設置することによってかこい込み、あとから航路がわかるようにするために自分の意図をスクリーンに正しくうつし出し、あるいは舵を取りなおす必要をしだいに感じるようになった。このフレーミングは『青の物語』の短い散文の印刷上の配置にまではっきりとあらわれており、ほとんどのページの上に極度に限定された四辺形を描いている。こうした構造の感覚は、たとえば頭語《アナ》反復《フォール》によって構成されている文章の細部でもきわめて鋭い。このことは何もはっきりした理由があるわけではないが、文章すなわちテクストの冒頭にもどって行かせる同一単語の出現をそれぞれ少しずつ確実なものにする。しばしばメタファーがながながと繰り広げられて、まさにアレゴリーをつくり出すにいたる。こうして潮流の干満運動がエクリチュールの運動にシンボルとしての役割を果すことができる。

まったく新たに、とても突然にまず最初にこの潮の満ち引きがわたしのところにやってきたので、それが、ときには人々の側からふり返って、ときにははるか沖からふり返って、ときには空《から》になり、ときには満ちあふれ、ときには筆が進むにまかせ、ときには流れをさかのぼりながら、わたしのエクリチュールの運動に一致していることにほどなく気づいた。原注(4)

文章のリズムは、とくに『空想の作家』においてしだいにゆったりしてきて、はっきりとわかる音韻学的・修辞学的図式――韻律(8、9および10音節)の記憶、平均律、つりあい、内部押韻など――にときおり裏打ちされている。

わたしは、気配りが孤独を気遣う時間ほど大切な時間を知らない。この年齢にもなるとわずかな文章にも心をよせるようになった。それが、二つの日付けと一つの名前の付いたたった一ページ、あるいはほんの一行といったほどのごく取るに足りない書き物であるとしても。原注(5)

このむこうみずな、だが音楽的な散文は、アクセントを付け、声を出し、あるいは突然もしくはつぎつぎと段階的に低めて行くきわめて確かな方法であることを証している。不確かさと正確な測定との結合がジャン＝ミッシェル・モルポワのエクリチュールを、眩暈とそのつど克服される平衡とのあいだの一種の永久的な振動の状態に置く。これはまた、モルポワの作品がさらに本質的に持つもののなかでそれ自体に忠実であると同時に、みずからを新しくする、すなわち自己破滅するためではなく、つねにそれ以上の不確かさとひきかえに、さらに高い正確さに達するためにみずからを疑うことができる自己表現法を知った作品が発展していくための法則であるようにも思われる。

原注

1 『空想の作家』（一九九四年）五四ページ。
2 評論集『それでもなお詩を』（一九九六年）中の「抒情的な幻想」の章参照。
3 『抒情的主体の問題』（一九九六年ＰＵＦ刊）中の「単数の第四人称」参照。
4 『空想の作家』一五六〜一五七ページ。
5 『空想の作家』三三ページ。

訳注

1 一九九六年メルキュール・ド・フランス社刊のモルポワの詩論集の題名である。
2 詩集『エモンド』は、一九八一年ソレール社初版の第四詩集で、断章で書かれている。一九八六年ファタ・モルガナ社の再版はふらんす堂から一九九五年刊で邦訳。

3　一九八六年P・O・L社刊の詩集、一九八六年度マックス・ジャコブ賞受賞。
4　一九九二年メルキュール・ド・フランス社刊、思潮社から一九九九年刊で邦訳。
5　一九九〇年メルキュール・ド・フランス社刊。
6　一九九四年メルキュール・ド・フランス社刊。

訳者ノート

本書は一九八二年にパリ、セゲルス社がマチユー・ベネゼおよびベルナール・デルヴァイユの監修、国立文学センター協賛のもとにポエジイ82叢書として発売したシリーズの一冊で、このシリーズにはほかにベルナール・ヴァルガフティグ、ジュヌヴィエーヴ・ユッタン、ユージェーヌ・サヴィツカヤらの名前も見える。その中で本書、モルポワの『イギリス風の朝《マチネ》』は他の詩集とやや趣が異なり、詩集であり、リリシズム論を展開するかなり力の入ったエッセイ集でもあるという混合形《メランジュ》になっている。つまり、モルポワ三十歳、若書きでパワフルな詩論の実践としてのみずみずしい実作を含んだ詩論書デビュー版ともなっており、モルポワ自身に言わせれば、すでにプレイヤード叢書のアンソロジーにも一部収録されている『青の物語』に続いてぜひ取り上げて欲しい自身の大切な一冊ということである。

　文芸誌「ウロープ」一九八三年のフランス現代詩特集に選ばれた五十八人の詩人中いちばん若い詩人としてその清新な作風に注目をあびた詩人も、はや今年二〇一八年で六十六歳の円熟期にはいった。その間、詩集、詩論集、詩的小説、入門書、解説書等、業績の多さでも屈指、いわゆる前衛的な脱構築派とは一線を画し、古典的とも見える「リリシズム」にばしりと焦点をあてて以後少しもぶれることなく論陣を張り続けて、詩誌「ル・ヌーヴォー・ルクイユ」を主宰するフランス現代詩のオピニオンリーダーのひとりである。

　私は、一九九九年に『青の物語』を、ふらんす堂からの『夢みる詩人の手のひらのなかで』『エモンド』に続いて思潮社から翻訳出版し大きな手ごたえを得た。以後この若書きの《詩集エッセイ集《メランジュ》》にとりかかりながら、本書後半のジャン＝ジャック・ルソーを引用しつつ展開されるリリシズム論のところでつまずき、気になりながらも向き合う気力が湧かなかったのはまことに残念なことであったが、こうしてかなりの時間をはさんで再挑戦してみると、その味わいの深さに心底から満たされるものがあった。リリシズムは主観ではない、本来人間の本質から汲み上げられるものだ、という主張が、長年詩というものにかかわってきた意識に何の障害もなく自然に流れ込んできた。そこでは私自身子供の頃に親しんでいた懐かしい歌「故郷をしのぶ歌」、「モーツァルトの子守唄」、「草競馬」などの明るい爽やかな昼間の世界に帰り着いた安堵感に満たされるのである。

　時代ではない、人間の本質である。という低い声が聞こえる。

　ジャン＝ミッシェル・モルポワは一九五二年フランス北東部のスイス国境に近い街モンベリアール生まれ、父はジャーナリスト、母は教員である。子供時代の雪の夜の記憶など、詩作品ではさまざまな追憶が語られ、そこは彼のリリシズム論の揺籃の場であることが知れる。

学業優秀で、パリ、エコール・ノルマルで文学を専修、現代仏文学評論のエキスパートとしてソルボンヌ第三大学の人文科学研究所に長年勤務した。四、五十代にはアメリカ、カナダ他外国への講演旅行も多く、日本へは東大、日仏学院そして思潮社の招きでつごう三度来日して講演、交流に忙しいスケジュールをこなした。最近はパリ北西の緑豊かな町ダヴロンで再婚の若い夫人と二人の男の子と田野に囲まれた日常を送っているようだ。『青の物語』のイメージの多くは海辺の風景で、そのインスピレーションの源がブルターニュ西岸の港町ポールサル近傍に採られていたことを思い起こす。

　本書から見る詩人モルポワの文学論、とりわけ詩論の根幹をかいつまんで言えば、リリシズムの主観性の否定である。リリシズムは人間の本質的な活動要素であるとの直感から、リリシズムが歴史的に科学的なものであることを立証しようとさえする。

　彼は「リリシズムの言葉」第3（本書二二～二三頁）で《わたしはものごとのふとした折にしか自分を認識することができない。ここから受動的な親和力につながるこれらのすばらしい魂の状態がやってくる。これが自我よりもはるかに広大な想像界を認める秘密の方法である。》と言って、主観性の強いリリシズムによって甘やかされた現代詩の過剰な糖分を何とか取り除きたいとする。彼の《批評的抒情主義《リリスム・クリティーク》》の主張の始まりであり、生来の「リリシスト」つまりオルフェウスの神話、歌を奏でて万物を本性に導く詩人モルポワの必死の主張である。以後多量のエクリチュールをひっさげて論陣を張り続けているモルポワは優れた文章家であり、秀才であるから、つねに論旨は明快、濁りがなく、文筆にたずさわるものとして誠実このうえない。思考体系のまったく異なるわれわれ外国人といえども安心して文脈を追うことができる。詩作品は散文形がほとんどで、それはヴァレリーの言う内的リズムを含んで、踊るような、シンプルでかっちりとした文体を持っている。本書後半の『新エロイーズ』のさわりの場面分析を介して展開されるリリシズム論は圧巻といえよう。なぜルソーなのかの一因に、詩人がスイスとの国境の町モンベリアール生まれであることを挙げうるかもしれない。モルポワには父のことを「生来のロレーヌ人だった」と回想している文章があり、ロレーヌ地方の気質とジュネーブ生まれのルソーとの繋がりも根底にありそうに思われる。

時代の異端児、個的自我の強い自覚、そして幼い頃母を失い、家庭的なふくよかさに飢えていたであろうルソーの、不幸でもあり果敢でもある人生を思いやることができる。私たちは多くの先人たちの基礎の上にそれぞれの自我を築いて生きる。命を繋ぐ、パスカルの言う「考える葦」としての一すじの草として、けれども一すじの草の緑のみずみずしさを私たちは見て取る力を嬉しくも備えているのだ。

このたびの日本語版にモルポワ氏と同世代の同僚であるパリ第三大学哲学教授ミッシェル・コロー氏が詩誌「ラ・サープ」一九九六年四三-四四号に執筆されたご自身のエッセイ

を転載することをお許しくださった。詩人自身の言葉をタイトルに引いて書かれたこのモルポワ論は、「現代詩手帖」二〇〇二年十一月号に翻訳が掲載された時点からしてもすでに十六年が流れたが、いま読み返してみても、冷静沈着な視点と文学的洞察力によってコロー教授がフランス現代詩のすぐれた読み手であることがわかる。一九七八年の第一詩集『ロクチュルヌ』からのモルポワの創作姿勢と作品を分析するにあたって、確実と不確実、断念と魅惑、死と生、詩句と散文などの対立を融合する逆説的な二元性、現代では詩がもはや不可能だとする評価を受け入れながらの逆転的、あるいは超総合的な抒情性の主張に対して沈着ながら好意ある評価を下して、読者にこの詩人の個性に沿った読みができるように手をさしのべてくれている。

最後に、あまりにも長い中断にきっと苦笑されながらも今回の翻訳出版のために序文をお寄せくださったモルポワ氏、断続的ながら訳稿の連載をお許しくださった同人誌「ユルトラ・バルズ」、「ミュー」、「本陣」、「セルヴォ」の皆様、さらに長年にわたってモルポワ氏との交渉の仲介の労をおとりくださっているパリ在住の親友柿崎直子氏に、一九九三年十一月初めてヴォージラール街のモルポワ氏のアパルトマンを一緒に訪問した折の記憶と共に、心からの感謝を捧げます。

二〇一八年冬　東京郊外の町　町田市にて

有働　薫

著者略歴

ジャン＝ミシェル・モルポワ　Jean-Michel Maulpoix

一九五二年十一月十一日フランス・ドウー県モンベリアール生まれ。サン・クルー高等師範学校卒業。パリ第十大学教授。詩人、評論家、文学研究者。文芸誌「LE NOUVEAU RECUEIL」主宰。

第一詩集は *Locturnes*（ロクチュルヌ）一九七八年レットル・ヌヴェール社刊。第七詩集 *Ne cherchez plus mon cœur*（もうわたしの心を探さないで）一九八六年P・O・L社刊でマックス・ジャコブ賞受賞、第十一詩集 *Les Abeilles de l'invisible*（不可視の蜜蜂）一九九〇年シャンバロン社刊。第十三番目の詩集 *Une histoire de bleu*（青の物語）一九九二年メルキュール・ド・フランス社刊はことに声価が高く、その抜粋がフランス文学メルクマールとしてのガリマール社プレイヤード叢書現代詩アンソロジーの最終ページを飾っている。最新作は二〇一七年一月メルキュール・ド・フランス社刊の *L'hirondelle rouge*（赤いツバメ）である。本詩集 *La Matinée à l'anglaise* は一九八二年セゲルス社刊で詩集としては第三番目、三十歳の若書きの詩集である。日本語に訳されているものは、『夢みる詩人の手のひらのなかで』、『エモンド』、『青の物語』そして本書『イギリス風の朝《マチネ》』がある。

訳者略歴

有働 薫　Kaoru Udo

一九三九年東京都杉並区生まれ。早稲田大学第一文学部仏文学専修卒業。シチズン時計株式会社に七年間勤務ののち、フランス現代詩の翻訳ならびに詩作を志す。第一詩集『冬の集積』一九八七年詩学社刊。第五詩集『幻影の足』二〇一〇年思潮社刊で第二十八回現代詩花椿賞受賞。翻訳書J＝M・モルポワ『青の物語』、レジーヌ・ドゥタンベル『閉ざされた庭』他。エッセイアンソロジー『詩人のラブレター』二〇一二年ふらんす堂刊。

イギリス風《ふう》の朝《マチネ》

著者
ジャン＝ミッシェル・モルポワ
訳者
有働《うどう》 薫《かおる》
発行者
小田久郎
発行所
株式会社 思潮社
〒一六二―〇八四二 東京都新宿区市谷砂土原町三―十五
電話〇三（三二六七）八一五三（営業）・八一四一（編集）
ＦＡＸ〇三（三二六七）八一四二
印刷・製本
創栄図書印刷株式会社
発行日
二〇一八年三月二十五日